# 拾ったのが
# 本当に猫かは疑わしい

ねこ沢ふたよ Nekosawa Hutayo

アルファポリス文庫

JN083668

https://www.alphapolis.co.jp/

# 目次


第一章　拾ったのは猫かもしれない　5
第二章　拾ったのは小さな幸せかもしれない　80
第三章　拾ったのは守りたいモノかもしれない　110
第四章　拾ったのは家族かもしれない　222
第五章　拾ったのは大きすぎるくらいの幸せかもしれない　267

# 第一章　拾ったのは猫かもしれない

七年付き合った彼氏の浮気が発覚して、彼氏の左頬《ひだりほほ》を右ストレートでぶん殴って別れた雨の日の夜。会社帰りに黒い塊《かたまり》を拾った。

電柱の横にあった、ゴミ袋と見紛《みまが》うばかりのその塊。黒い毛むくじゃらで目は金色。シッポは長い。

雨に濡《ぬ》れてドロドロだから分からないが、たぶん猫だろう。サイズ的にも。そう思って拾ったのだが……

私の家は、築年数《ちくねんすう》二十年ほどのワンルーム。かろうじて風呂とトイレはセパレートだが、必要最低限の設備があるだけの六畳一間《ろくじょうひとま》。でも一人暮らしにはこれで十分だ。

古いマンションだから、ペット可。なので猫を飼っても問題はない。

「とりあえず。シャワーかな」

私はいらなくなったタオルを用意して、その黒い物体を風呂場に搬送《はんそう》する。

拾った猫というのは、たいていノミとダニの温床だ。猫と思しき生き物を拾ったならば、速《すみ》やかに風呂に入れて綺麗《きれい》にしないと、部屋がノミとダニまみれになる。

「うう……」

黒い塊《かたまり》がうめく。風呂が嫌なのだろうか……

「仕方ないでしょ。汚《よご》れているんだから……って、うう？　猫って普通、ニャアじゃない？」

「じゃあ、ニャア」

「じゃあってなんだよ。じゃあって」

「ニャア」

「なんだ、こいつ」

猫が人語《じんご》を理解するなんてことが、あるのだろうか。

アニメでは、そんなシチュエーションを見たことがある。イケメンに育ったり、宇宙人だったり、美味《おい》しいご飯を作ってくれたり。こいつが？　まさか。

とにかく、外は雨。この小さな塊《かたまり》は生き物。得体が知れないからって、ポイ捨てするのも可哀想《かわいそう》か。イケメンに育つかもしれないし。

綺麗《きれい》にしてから、明るい部屋で全体をよく見てみて、そこから考えよう。

私は床にへばりついている物体をむんずとつかんで、風呂場につれていき、シャワーを浴《あ》びせた。

お風呂はどうしよう。この毛むくじゃらは、さすがに湯船にはつけられないよね。

でも、今日はゆっくりと湯に浸かりたい気分だ。

私は、毛むくじゃらを洗いながら、湯船にお湯を張る。

「うわ、汚《きた》ね。ドロドロだよ」

排水口に向かって、床に黒い汚れの筋《すじ》がつく。

「わ、白黒の縞々《しましま》だ」

汚《よご》れが取れれば、姿がはっきりしてくる。

虎柄《とらがら》……っていうことは、やっぱり猫か。肉球あるし。

さっきこの生き物が喋《しゃべ》ったのは、聞き間違いか？

タオルで虎柄《とらがら》の塊《かたまり》を拭いて、自分も風呂に入る。

湯船につかると、身も心もほぐれて、細かいことは気にならなくなってくる。

ま、いいか。

彼氏と悲しい別れをした当日に拾ったのも、何かの縁《えん》だろ。

風呂から上がると、先に部屋に戻っていた縞々《しましま》の猫らしきものが、勝手に冷蔵庫からビールを取り出して飲んでいる。

腹を上に向けながら壁にもたれて座って、器用に両手の肉球で五百ミリリットルの缶ビールを傾《かたむ》けて、美味《うま》そうにプハーッと、息を吐いている。どこのオヤジだよ。

しかも、あれは発泡酒ではない、お気に入りの極上ビール。一本しかない。

「彼氏と別れた残念な気分を、せっかく秘蔵のそれで紛《まぎ》らわそうとしていたのに、なんで勝手に飲んでいるんだ」

私が抗議の声を上げると、毛むくじゃらが口を開いた。

「他にろくなものがないのだから仕方ないだろう。風呂上がりに水道水も味気ない。いいか。猫を拾えば、普通、猫用のミルクやら美味《おい》しい猫様スティックやらを買っておくべきだろうが」

やっぱりこの生き物は人の言葉を理解して喋《しゃべ》っている。

「ずいぶんな態度だな。毛むくじゃら。お猫様なら、もっと可愛《かわい》らしい態度を取っておくべきだろう。どこに主人のビールを風呂上がりにくすねる猫がいるんだ」

「ふ。人間なぞ、猫の前では下僕《げぼく》に過ぎんのだ！」

「くっそ、何を言うか。そもそも、お前が猫かどうかが怪しいわ」

彼氏に振られて不機嫌だった上に、猫にビールを取られて、つい口調が悪くなる。

猫は普通ビールはくすねない。言い返しもしない。それが私の常識だ。

「はいはい。ニャア。これでいいのだろう？」

面倒くさそうに、毛むくじゃらが猫の鳴きまねをする。

「はあ？　今更、ニャアと言われて、どこのアホが、『わあ、可愛《かわい》い♪　やっぱり猫ちゃんだぁ♪』なんて言うか。正体を明かせ」

「そうは言われてもな。儂《わし》は猫だと思って生きてきたし、周囲もそう言っていた。ならば、猫でいいではないか。猫様スティック好きだし」

猫様スティックは好きなんだ。

猫好き人間の英知を集結させ完成した、全猫が愛するという至高の一品、猫様スティック。

じゃあ……猫か？

見た目は、確かに猫だ。三角の耳、縞々《しましま》の柄《がら》。少し毛足は長いから、ブラッシングしてやらないと駄目《だめ》だろう。肉球はついている。シッポも長くフワフワ。

「ね、猫ぉ……？　いやいや、猫は人語《じんご》を話さんだろう」

「五年も人間と共に生活しておるのだぞ？　いい加減覚えるわ。留学生だって海外に五年も住めば、多少は話せるようになるし、赤ん坊だって言葉を話すようになる。違うか？」

「違わないけれど……でも……」

「この世の全ての猫に会ったわけではなかろう。せいぜい、十……多くて二十匹くらいだろうが。それで、よく話す猫がいないと言い切れる」

毛むくじゃらが、私を論破して嘲笑《ちょうしょう》する。

こいつ。ムカつく。

「でも、やっぱり猫ではない気がする……」

納得ができない。だって、私の常識とは掛け離れている。

「それお前の感想であろう？」

猫もどきにそう言われて、思わず頭をぶっ叩いてしまった。

「この暴力女。口論で勝てないからって叩きおって！」

猫もどきが頭をさする。

さすがに小さな生き物相手に、そんなに力は入れていないから、怪我はしていないはず。

「うるさい。この毛むくじゃら」

私はそれだけ返した。

埒《らち》が明《あ》かない言い争いをしていても意味がない。

私はコンビニで手に入れた弁当をテーブルに置いて、食べ始める。

ちくしょう、風呂上がりの水道水は味気ない。

冷めた弁当を食べながら、毛むくじゃらを眺める。

毛むくじゃらは勝手にテレビをつけて、ビール片手に時代劇を観ている。

観ているのは『成敗将軍』――とっても有名な定番の時代劇。身分を隠した将軍様が、事件を解決し悪漢を成敗する物語だ。

こんなのが好きなのだろうか？　いちいちオヤジ臭い。

だが、七年も付き合った彼氏と別れた夜。

誰かがいてくれるのはありがたい。きっと、一人なら、泣いてしまっていただろう。

今日、私は見てしまったのだ。

会社の給湯室で、彼氏の伊川正樹《いがわまさき》が、後輩の松本幸恵《まつもとゆきえ》と抱き合ってキスしているのを。

『今日、ホテルディナー楽しみ。ずっと行きたかったの』

『だろ？　俺、幸恵ちゃんのために頑張ったんだ』

そして、幸恵と正樹はそんな話もしていた。

正樹、覚えている？　今日は私の誕生日。

一緒に過ごせると思っていたのに、朝、メールの一言で正樹にドタキャンされた。

泣けてくる。

七年。情熱的に始まった恋ではなかったけれども、五年経ったあたりから、この人と結婚するのかななんて、なんとなく思っていた。

これまでの七年の積み重ねが崩れていくのに我慢できなくなって、幸恵の前で正樹をぶん殴ってしまった。

『そんなに欲しかったら、こんな男、ノシつけてくれてやるわ！』

そう幸恵に啖呵《たんか》を切って帰ってきた。

悔しい。もう一発ぶん殴るべきだったか。

「女、名前は？」

黙々《もくもく》と弁当を食べる私に、毛むくじゃらが聞く。

「は？　なんであんたに教えないといけないのよ」

「これから共に暮らすのであろう？　なら、名前くらい知らないと、不便だろうが」

問答無用《もんどうむよう》で居座る気らしい。ムカつく。

だが、小学生のときに飼っていた猫のミィちゃんの墓に、私は誓った。

動物を簡単に見捨てる人間にはならないと。

ミィちゃんは、捨て猫だった。

箱に押し込まれて空き地に放り出されていたのを、私が見つけて連れ帰った。

必死で看病したのに、ミィちゃんは弱った体を回復できずに、拾ってから一ヶ月であっけなく死んでしまった。そのミィちゃんへの誓いを破るわけにはいかない。

そうでなければ、こんな変なやつ追い出しているか、警察に突き出しているか。

「本田薫《ほんだかおる》」

名前ぐらいはいいかと思って、毛むくじゃらに教える。

「そうか、薫。改めて、よろしくな」

「呼び捨てかよ」

でもまあ、挨拶《あいさつ》をするくらいの常識はあるらしい。

「あんたは？」

「ない」

「ないわけないでしょ。人間の言葉を話すということは、誰かに飼われていたんでしょ？」

「一緒に住んでいた婆《ばあ》さんがいた。呼び名はあったが、名前はなかった」

どういうことだろう。黙《だま》って毛むくじゃらの話を聞く。

「源助《げんすけ》さんと呼ばれていた」

「源助……また、古臭い名前」

「その婆《ばあ》さんの伴侶《はんりょ》、爺《じい》さんの名前だ。婆《ばあ》さんは体を壊して寝込んでいて、さらにぼけていてな。それで儂《わし》を死んだ爺《じい》さんと間違えて、ずっと源助さんと呼んでいた」

そんな悲しい過去が……

毛むくじゃらも、本当は自分の名前が欲しかったのではないだろうか……

「そのお婆《ばあ》さんは……」

まさか、死んだ？

大切に飼ってくれていたお婆《ばあ》さんが亡くなったから、野良猫《のらねこ》になった？

「うむ。五年の間、儂《わし》と話している内にみるみる回復して、今頃は世界一周旅行に出掛け、ガンガンに遊んでいるはずだ。一緒に行こうと誘われたのだが、世界一周など、空港検疫《くうこうけんえき》がうっとおしすぎて逃げ出した」

なんだ。元気なんだ。私の同情、返してほしい。

「だから、薫がつけてくれ。名前」

「ええ。面倒くさい……毛むくじゃら。毛玉……化け猫……猫又……」

思いつく単語をつらつらと並べる。

「却下だ。なんて名前だ。だいぶ儂《わし》に失礼だ」

居候《いそうろう》の身で、毛むくじゃらは偉そうだ。

「そこのスマホの待ち受け、ほら、イケメンの写真」

毛むくじゃらが指さしたのは、私のスマホ。

愛しの推し様の写真が待ち受けに設定されている。

「ええ？　ティミー様？」

実力派イケメン俳優。ご尊顔《そんがん》が眩しい。

「そう。ティミーなんていいではないか。エレガントな雰囲気の儂《わし》にぴったりだ」

「はあ？　おこがましいわ。ずうずうしい」

どうしてこんな猫もどきに推し様の名前をつけないといけないのか。

……もどき？

「モドキ。これで決定。いいじゃない」

なんだ。しっくりくる。うん。これでいい。

猫もどきのおかしな生物につけるには、ぴったりな名前だ。

「なんてネーミングセンスだ。やれやれ」

モドキが首を横に振りながらため息をつく。

さらに秘蔵のタラバガニの缶詰を、キッチンの棚から見つけて、勝手に開けて食べ出した。

こうして、私とモドキの奇妙な共同生活が始まったのだった。

◇　◇　◇

翌朝、最高にラグジュアリーなモフモフに触れて、目を覚ます。

温かく、毛足の長い毛布……？　いや、モドキだ。

ハッと我に返ってスマホで時間を確認すると、あと十分で出発の時間。ヤバイ。

慌《あわ》てて顔を洗って簡単に化粧《けしょう》して、着替えて準備をする。

「なんじゃ、騒々《そうぞう》しい」

モドキがのんびり起きてくる。

羨《うらや》ましい。来世は猫に生まれたい。

「あんた、ここで留守番してて。帰りにちゃんと猫様スティック買ってきてあげるから」

そうモドキに言い残して、慌《あわ》てて家を出る。

今日は、絶対に休めない。半休も嫌だ。

あんなことがあった次の日に休むだなんて、正樹と別れてショックを受けているみたいで腹が立つ。負けた感じがする。

猛然とダッシュして、なんとか遅刻は免《まぬが》れたが、急いでした化粧《けしょう》はボロボロだったので、女子トイレで化粧直《けしょうなお》しをする。

よし。

モドキのおかげで、昨日は泣く暇もなかったので、目は腫《は》れてない。

ラグジュアリーなモフモフ添い寝で、睡眠もばっちりだ。化粧《けしょう》ノリも悪くない。

完璧《かんぺき》だ！　私！

女子トイレから戻り、平然とした顔で仕事をする。

正樹とあんな別れをして、ショックを受けているなんて、一ミリも誰にも思われたくない。

「薫。ちょっと、いい？」

お昼の休憩中、廊下を歩いていたときに、正樹に声を掛けられた。

「なんでしょう？　伊川さんに御用《ごよう》はありませんが」

にこやかに、冷静に。そう自分の心に言い聞かせて、返答する。

「いいから」

そう言って、正樹に強引に連れていかれたのは、資料室だ。

今さら、なんの話があるというのだろう？　謝ってくれるとか？

「なんで俺の番号、着信拒否なの？　急すぎだろ？」

正樹が文句《もんく》を言ってくる。

「もう、別れたんだから当然です。さっさと松本さんと付き合ったら？」

私は、精一杯の強がりを吐く。

「幸恵ちゃんには振られたよ」

「は？」

「お前のせいだ。二股《ふたまた》掛けていたんだってバレて、幸恵ちゃんに怒《おこ》られた」

「私のせい……」

何を言っているのだろう、この男は。

そもそも、二股《ふたまた》掛けるのが悪いし、七年付き合っていた私が浮気相手みたいな扱い？　おかしいだろ。幸恵が入社してきたのは、二年前だ。

「なんであんな派手な怒《おこ》り方《かた》したんだよ。もっと可愛《かわい》げがあったら、まあ俺も七年の情があるから、これからも一緒にいてもいいかなと思ってたのに。ちょっと、常識がおかしいんじゃないの？」

うまく正樹の言葉が頭に入ってこない。

私が黙《だま》り込《こ》んでしまったのをいいことに、正樹が勝手なことを次々と言い出す。

そうか。七年の間に、私は正樹の中で、すっかりキープの都合のいい女に成り下がっていたんだ。

私が結婚なんてことをおぼろげに視野に入れている間に、正樹の心は既《すで》に他の女に向いていたのだ。私との関係は、別れる理由がないから適当に継続させていただけ。あいつ俺に惚《ほ》れているし、多少の融通《ゆうずう》が利《き》くから便利なんだ、そんなことも考えていたかもしれない。

「ちゃんと責任を取ってくれよ。これ、傷害罪だよ？　まあ、訴えはしないから。その代わり、うまく幸恵ちゃんに説明してくれればそれでいいからさ」

責任？　傷害罪？　代わりに？　幸恵に説明？

は？

七年もの時間を、こんな下らない男に費やしてきたのかと思うと、頭がおかしくなりそうだ……

だんだんと怒《いか》りが込み上げてくる。

私の脳内でゴングが鳴る。

『顎《あご》を狙え！』

……脳内のセコンドが、リングの外で叫んでいる。

『アッパーカットだ。脇をしめて、相手から目を逸《そ》らすな！』

……やたらモドキに似た脳内セコンドが、肩からタオルを掛けて、ピンクの肉球でポフポフとミットを叩きながら指示を出す。

『拳を捻《ひね》って、腰を入れて打ち込め！』

指示に従って私は狙いを定める。

『コークスクリュー！』

渾身《こんしん》の一撃を、正樹の顎《あご》にお見舞いする。

「訴える？　ちゃんちゃらおかしいわ。勝手にすればいいわ」

私はフンッと鼻で笑って、資料室を後にした。

正樹は資料室の床に突っ伏していたけれど、所詮《しょせん》女の力。大した怪我もしていないだろう。もう、無視だ。無視。

すっきりとした気分で、いつも以上にサクサク業務に従事して、心も軽く定時で退社した。

帰りに猫様スティックを買わねば。

まだ昨日会ったばかりだが、モドキは飼いやすい部類に入るだろう。

トイレは人間用のものを難なく使いこなせると言っていたし、缶詰も自分で開けて食べる。

本当に猫か？　と疑いたくなる。

まあ、見た目は長毛種の猫で普通に可愛《かわい》い。

だが、徹底的に生意気でオヤジ臭い。

そんなことを考えながら、猫様スティックを購入し、あっという間に家に着いた。

手を洗い、鞄と上着をしまってから、モドキに問い掛ける。

「モドキ、あんたさあ、何か家事できない？　ほら、小説とかに出てくる人語《じんご》を話す動物はさ、ケーキを焼いたり森でレストランを開いたりするんだよ。そんな風にビール片手に時代劇観ているだけの猫もどきは、あんただけでしょ」

「ケーキだと？　レストランだと？」

私がそう主張をすると、モドキが鼻で笑う。

「何よ。何が変なの?」

「この愛らしい肉球を見よ。この手で包丁やフライパンが握れるとでも思うのか?しかも、このラグジュアリーなフワフワ。どんな料理を作っても、猫毛が間違いなく混入するだろう」

確かに。悔しいが一理ある。

「それに、玉ねぎやネギを誤って食べてしまったらどうする。ぽっくりあの世行きだぞ」

そこは猫と同じなんだ。ビールはガンガン飲むくせに。

じゃあ、可愛《かわい》い動物のレストランなんてものは、我が家では無理らしい。残念だ。

「猫というものはだな、古代エジプトより、人間に崇《あが》めたてまつられて、優雅《ゆうが》にコタツでぬくぬくと丸くなっているのがデフォなのだ」

「待て。エジプトにコタツはないだろう? それに、モドキが猫だとは限らない」

「まだ儂《わし》を猫だと認めんのか。面倒くさいやつだ。では、薫の思う猫の定義とはなんだ?」

「猫の定義……ねこ、猫。耳が三角で、毛がフワフワ。ニャアと鳴いて可愛《かわい》い」

改めて定義と言われると困る。そんなの考えたこともなかった。

だって、猫は猫なのだから。

「はいはい、ニャア、ニャア。これで、全ての条件を満たしたぞ」

ケッと笑って、モドキは私があげた猫様スティックを開けて舐《な》める。

美味《おい》しそうに目を細めて、両手で大事そうに猫様スティックを持つ姿は猫っぽくてちょっと可愛《かわい》い。猫好きの心をくすぐる。

「ムカつく！」

そう言って、私はモドキのもちもちほっぺをグリグリといじる。

触り心地は、ラグジュアリー。

温かくて柔らかい。モフモフの毛がフワッと手を包んで、なんとも言えない触り心地だ。

ま、いいか～。これで～。

驚異のモフモフ触感に、脳が機能しなくなる。

完全にモドキの術中にはまっている気がしないでもないのだが、いいのか？

◇　◇　◇

こうして何もしない居候《いそうろう》が、我が家に住み着いて数日後。

会社で仕事をしているときに、ふと同僚たちの視線がぎこちないことに気づいた。

きっと、正樹と揉めたことが、噂《うわさ》になっているのだろう。

気にはなる、だがプライベートなことだし、浮気された本人には声を掛けづらい……というところか。

ここはスルースキルを最大限発動して、この同情と好奇心の混じった視線に、あえて気づかない振りをするのが正解だろう。

どうせ、一ヶ月もすれば、誰も気に留めなくなるはず。

微妙な空気感の中で仕事をしていると、上司に呼び出される。

課長の西根真紀《にしねまき》。仕事をサクサクとこなす尊敬できる上司。

仕事に厳しく、細かいところまで完璧《かんぺき》を求めるから、部下の間では好き嫌いが分かれるが、私は尊敬している。

さらに二児を育てながら、家庭と仕事を両立しているのだからすごい。

そんな上司に呼び出されて、会議室へ向かう。

西根課長は人前では決してミスを叱らない人だから、何か不備でもあったのかと緊張する。

「忙しいときに悪いね。あ、そこ座って」

西根課長が微笑《ほほえ》みながら、私に座るように促す。

「営業の伊川君を知っているよな？」

伊川。正樹のことだ。課長の耳にまで噂《うわさ》は届いているのだろう。

「はい。知っています」

どこまで、知っているのだろう。おずおずと私は返事をする。

「殴ったのか？　資料室で倒れているところを、営業の社員が発見した。本田君に殴られたと言っていたそうだ」

面倒だ。どのくらい説明すべきだろう。

そもそも恋愛事情なんて課長にはどうでもいいことだし、問題となっているのはたぶん私が殴ったこと。

ここで、七年も付き合っていたのに松本幸恵さんと浮気して～、許せなくって～、なんて話をするのは場違いだし、私の人間としての矜持《きょうじ》が許さない。

自分の中では綺麗《きれい》サッパリ終わった話なので、今更、正樹や幸恵ともう一度三人で話を、なんてことになればとんでもないストレスだ。

「本田君が、伊川君と付き合っていたことは知っている。もう結構長いよな？　さすがになんとなく気づいていた。そして、伊川君と松本君の仲が最近よくなってきたことにも……」

給湯室でキスまでしていたんだから、正樹と幸恵の仲も噂《うわさ》になっていたのだろう。気づかなかった私が鈍《にぶ》すぎたのだ。

「業務と関係ないことで、気を遣わせてしまって申し訳ありません。伊川さんと松本さんが付き合うならそれでいいです。あんな男もうどうでもよいです。不要です」

平然と心穏やかに、私はそう言い放つ。これは本心だ。

二度と関わろうとは思わない。

「ぶん殴ってすっきりした？」

西根課長は、笑顔を崩さずにそう聞く。

「ええ。この件で、もし私が左遷《させん》や退職させられても後悔しません」

退職を余儀《よぎ》なくされてしまったら、生活には困るだろう。

次の職を見つけるまで、モドキに買ってやる猫様スティックの量は減るが、仕方ない。我慢してもらおう。モドキだって、きっと理解してくれる。

文句《もんく》の多い猫もどきだけれども、あれはそんなに悪いやつではない。

「すっきりしたならそれでいいよ。ただ、ね……」

やっぱり、こんな問題行動を起こしては会社にいられないのだろうか。

ただの女子社員の私より、どんなクズでも、それなりの営業成績をあげている正樹のほうが立場は上ってことなのだろうか。

私は覚悟して、西根課長の言葉を待つ。

「もっと、足を使って踏み込んで仕留めないと。腕だけに頼っちゃ駄目《だめ》よ。話はそれだけ」

そう言って西根課長は、会議室から出ていった。

しばらく呆然《ぼうぜん》としてから、私も会議室を出る。

すると、同僚の柿崎《かきざき》が話し掛けてきた。

「ね、西根課長に怒《おこ》られた？」

「いいや。西根課長には、『足を使って踏み込んで仕留めないと。腕だけに頼っちゃ駄目《だめ》よ』ってアドバイスをもらっただけ」

「そうなんだ～。さすが課長」

私の話を聞いて、柿崎が恍惚《こうこつ》としている。

柿崎の話では、正樹の上司である営業部の課長に、西根課長はさんざんに怒鳴《どな》られたそうだ。

正樹は自分の上司に、経理の女に恋愛の行き違いでいきなり殴られた、と相談したらしい。

しかし、人前で大声で怒鳴《どな》る営業部の課長を、西根課長は涼しい顔で受け流して言った。

「ウチの課の子たちは、私の預かりですから。私の責任で指導します。あなたこそ、躾《しつけ》のできていない部下の教育を見直したらいかがですか？」

カッコイイ。ヤバイ。惚《ほ》れてしまいそうだ。西根課長、既婚女性だけれども！

「西根課長、一生ついていきます！」

柿崎の叫びに、私も激しく同意する。

西根課長がカッコイイという話は、若い社員たちの間ですぐさま広がり、彼女のファンはこの件で急激に増えた。

西根課長の評判が上がれば上がるほど、これ以上とやかく言いづらくなったのか、営業部の課長から私が何か言われることはなかった。

◇◇◇

西根課長に呼び出されてから数日後のある日。

家でモドキとくつろいでいると、インターフォンが鳴った。

宅配便だ。私がネットで注文した品《しな》が届いたのだ。

印鑑《いんかん》を押して荷物を受け取り、梱包《こんぽう》を開けると、モドキが震え出した。

手に持っていた猫様スティックを床に落としている。

「か、薫。それは……」

「ふふ。察しがいいな。モドキよ」

なんだか悪の親玉になった気分だ。

「観念して囚《とら》われるがよい」

そう言いながら、ニヤリと微笑《ほほえ》む。

そう、私が注文したのは、猫用キャリーバッグ。

モドキを拾った翌日に注文して、ようやく今日届いた。

「い、嫌だ。行き先は分かっている！　絶対にろくなことがない！」

ワタワタとコタツに潜り込もうとするモッフリボディを、がっしりと掴んで引っ張る。コタツの中でモドキは爪を立てて抵抗しているから、なかなか引っこ抜けない。

「いい加減にしてよ、モドキ。分かっているんでしょ。動物病院行かないと。拾った動物は獣医《じゅうい》に一度診《み》せて、感染症の検査して、予防接種受けないと駄目《だめ》なんだから」

言葉を理解するモドキだから、難なく連れていけると思っていたのだが甘かった。

予想外の反発。

「分かる。分かるが、嫌なものは嫌なんだ。それに薫、お前、儂《わし》が猫かどうか疑っていたではないか。そうだ。ああ、そうだ。猫かどうかも分からない生物を獣医《じゅうい》に診《み》せていいのか？」

下手に人語《じんご》を理解しているせいで、屁理屈《へりくつ》をこねる分、普通の猫より面倒かもしれない。

「どう考えても、あんたのカテゴリーは人間ではないでしょ。なら診てくれる医者は、この世には樹木医と獣医師《じゅういし》しか残ってないの。植物でないなら、動物ってこと。謎でもなんでも動物なら獣医《じゅうい》なの」

完璧《かんぺき》な理論だ。カエルもスズメも、みんな獣医《じゅうい》に診《み》せるんだ。

「薫、そんな超理論、獣医《じゅうい》が泣くぞ。範囲が広すぎて大変だろうが。可哀想《かわいそう》に」

私の完璧《かんぺき》な理論にモドキが反論する。ならば仕方ない。奥の手だ。

「モドキ、じゃあさ、極上ビール帰りに買ってあげるからさ」

私の一言に、モドキがピクリと反応する。

「あの、コクがあるビールか?」

初日に私の極上ビールをくすねて飲んでいたモドキ。

あのビールを気に入っているのは知っているが、お値段が高いのと、猫にあんなもの飲ませていいのか分からなかったから、買うのを控《ひか》えていた。

モドキはここ数日、糖質ゼロのノンアルコールビールで我慢していた。

「そうだよ」

まるで、歯医者に行きたがらない小さい子を菓子で釣るような気持ちになる。欲しがっているものは、お高いビールと可愛《かわい》げはないが。

ノロノロとモドキが自分でコタツから出てくる。

「絶対だからな」

モドキはそう念を押すと、自分でキャリーバッグの中に入った。

「そうそう、獣医《じゅうい》さんが駄目《だめ》って言わなければ……ね」

私はキャリーバッグの扉をパタンと閉めながら付け足した。

「くっそ、騙《だま》しやがったな。薫！」

モドキがキャリーバッグの扉を中から揺らすが、このバッグは高性能ゆえ、びくともしない。

私は速《すみ》やかに、モドキを近所の動物病院まで連れていった。


動物病院の待合室。様々な動物が飼い主に連れられて順番を待っている。

大きな声で鳴き続ける三毛猫《みけねこ》。飼い主の隣ですまし顔のシェパード。はしゃぐ柴犬《しばいぬ》。

ケージを齧《かじ》り続《つづ》けるハムスター。

「カオスだ……この世の終わりだ」

私の膝《ひざ》の上のキャリーバッグの中で、モドキがつぶやいてため息をつく。

まあ、三毛猫《みけねこ》の声がうるさすぎて、周囲には聞こえないだろう。

このくらいの小さな声なら大丈夫か。

「何がよ？　動物病院なんてこれが普通でしょ？」

私はモドキに小声で聞く。

「あのシェパード。主《あるじ》のために切腹する覚悟であそこに座っている」

「は？　切腹？」

「あのシェパードの心の内を代弁しようか？　『主君《しゅくん》の望みとあらば、拙者《せっしゃ》、覚悟はできている。万一、敵に首《しるし》をあげられることがあれば、その前に腹を切ろう。主君《しゅくん》を守って散るは、武士の誉《ほま》れなり』」

「大げさな。あのシェパード、黙《だま》っているでしょ？」

「人間とは違う。鳴き声、態度、シッポの向き、匂い。その全てで自分の感情を表現しているのだ」

ただ座っているだけの犬がそんなことを……

「他には？」

面白くなって、モドキに聞く。

「あの柴犬《しばいぬ》は、『ご主人、私はこんなに元気なんです。獣医《じゅうい》に診《み》てもらう必要なんてないでしょ？　ほらほら、こんなところにいるより散歩に行くほうが楽しいですよ』と思っているな」

柴犬《しばいぬ》、可愛《かわい》いな。なんだか無邪気で微笑《ほほえ》ましい。

「三毛猫《みけねこ》は？」

一番大きな声で鳴いている三毛猫《みけねこ》。この際、みんなどんなことを言っているのか聞いてしまおう。

「三毛猫は、主人に裏切られた悲しみをシェイクスピアの一説をそらんじて表現している。ジュリアスシーザーかな？　『おのれ！　シーザーよ、お前まで裏切るとは！偉大なるブルータスももはやこれまでの命運となったか！』とか」

「しぇいくすぴあ……」

「なんだ。知らんのか？　シェイクスピアは天才で、この世の苦しみや悲しみは、全てかの偉人によって言語化され表現の舞台に立っていると言えるのに」

やれやれとモドキが首を横に振る。

「いや、知らんて。興味ない。てか、驚きポイントそこじゃない。なんで三毛猫がシェイクスピアをそらんじるのかが、分からんわ。猫、面倒だな」

「好きなんだろ。あの猫が単にシェイクスピアを。そしてもっとも邪悪なのは、あのハムスターだ」

「ハムスター？　なんで？　キンクマちゃんは呑気《のんき》にケージ齧《かじ》っているだけでしょ？」

普段住んでいるケージごと連れてこられたと思《おぼ》しき、キンクマハムスター。

クリクリお目々で可愛《かわい》らしい。私は、動物病院に来ていることすら気づいていないのでは、と思っていた。

「獣医《じゅうい》の野郎に一矢報《いっしむく》いてやろうと、歯を研《と》ぎ澄《す》ませ準備している」

モドキがハムスターを見つめながら言う。

うわっ……マジか。闘争心剥《む》き出《だ》しだな、ハムスター……

先生、大丈夫かな？

「みな診察を前に、それぞれの心情を爆発させ、カオスを生み出している」

モドキがそう言って、目と耳を塞《ふさ》いで、キャリーバッグの中で縮こまる。

モドキの順番は、ハムスターの後だった。

呼ばれて診察室に入ると、指にばんそうこうを貼った老先生が、診察台の奥に立っていた。

「はい、今日が初めての子だね」

穏やかな感じの老先生がそう言って、キャリーバッグの扉を開ける。

すると、トホホと観念したモドキが出てくる。ここで駄々をこねても仕方がないから、早く済ませるために、素直に従っているのだろう。

「いい子だね～」と言う老先生に、モドキは好き勝手触られて、触診を受けている。

無の境地で遠い目をしている。

「体重は六キロ。少々大きめだけれども……うん。問題なさそうだね。では、体温測るね」

老先生が優しく言いながら、検温の準備を始める。

体温。そういえばあんなにモフモフで、どうやって測るんだっけ？

小学生のとき、ミィちゃんを病院に連れていったときの記憶を思い出している間に、先生が体温計を持ってきて、モドキのお尻の穴に突き刺す。

「ひえっ」

思わず、私は小さな悲鳴を上げてしまった。

でも、そりゃそうか。

口に入れたら噛むだろうし、全身毛だらけで他に体温を測れそうなところはない。

「うう……」

モドキが小さなうめき声を上げるが、少し耳が遠くなった老先生には聞こえていないようだった。

「三十八度四分……うん、猫としては普通だね」

平然と先生は体温計を抜き取り、消毒する。

モドキは、診察台の上で無言になり、フルフルと屈辱《くつじょく》に耐えている。

こ、これは、獣医《じゅうい》が嫌いになるのも分かるかも。ちょっとモドキに同情する。

「何か、飼い主さんのほうで気になることはありますか？」

老先生にそう言われる。

「はい、この子が猫なのかを疑っています」

私は正直に話す。よく分からないことは、専門家に相談するのが一番だろう。

「猫ですよ。見た限り」

あっさりと先生が言う。

「ですがこの猫、実は……」

「はいはい」

「話すんです。人語《じんご》を。それに私の言うことも、ちゃんと理解しているようなんです」

言ってしまった。

だが、今後モドキと共に生活する上でも、正体は明確にしておくべきだ。

「あ……なるほど」

老先生が、にこやかに私の言葉を受け止めている。

驚くべき事実だと思ったのだが、専門家の老先生は余裕そうだ。

「よくあるんですよ。うちの子は、『ごはん』って言えるんですとか、言葉を理解しているとか。ほら、ネットの動画でも検索したらごまんと出てくるでしょ？」

待ってくれ先生。それとはレベルが違う話だ。

「ほら、モドキ。何か先生に喋《しゃべ》ってみせてよ」

私が促すと、モドキが「ニャア」と鳴く。

こいつ、誤魔化《ごまか》す気だな。

これ以上、老先生に興味を持たれて、体をいじられたくないということか。

まあ、そうか。

よく漫画やアニメで見る展開だと、謎の生物は解剖《かいぼう》されて、研究材料にされてしまう。この人のよさそうな老先生だって、モドキのような変な猫を見たら、獣医師《じゅういし》の血が騒いで、解剖《かいぼう》や研究の末、世界に向けて論文を発表したくなるかもしれないし。

「どうしました？」

「その……いえ……なんでもないです」

私はモドキのことを、これ以上話すことを躊躇《ちゅうちょ》した。

「ふふ。可愛《かわい》いですね。賢《かしこ》い猫ちゃんなんですね」

老先生は、私の言うことを全く信じていないようだ。

ニコニコと人のよさそうな笑顔で、モドキを撫《な》でる。

一通りの検査を終えて、猫用のワクチンを打たれたときも、モドキは我慢して

「ニャア」としか言わなかった。完全に普通の猫の振りを決め込んでいる。

なら、それでいいや。モドキはモドキだ。

元気なら、なんの問題もない。

「あ」

検査結果を見ていた先生が、何かを思い出したように、診察室を出ていこうとしていた私を呼び止める。

ドキリとする胸を押さえて、「なんでしょう?」と聞き返す。

ひょっとして、普通の猫じゃないって先生も気づいた?

「この子、去勢まだでしょ」

去勢……きょせい……去勢?

モドキの正体に気づいたわけではないようだが、去勢?

去勢って、あれだよね。去勢。

「発情期に鳴き声がうるさかったり、縄張りを主張してスプレー行為したり、メス猫を求めて脱走したり。大変だから去勢をしたほうがいいよ。手術予約する?」

キャリーバッグを覗《のぞ》くと、モドキがフルフルと首を何度も横に振りながら、震えている。半泣きになっている。

「あ、いや、いいです。去勢は……大変になってから考えます」

なぜモドキが獣医《じゅうい》を嫌いなのかを十分に理解できた気がする。


「なあ、薫」

動物病院からの帰り道。

キャリーバッグの中のモドキが、私に声を掛ける。

「何?」

「ビールのことは、聞かなくてよかったのか?」

「聞いたら、モドキが普通の猫じゃないって、先生にバレるかもしれないでしょ?研究を口実にベタベタいじくり回されるの、モドキも嫌でしょ?」

「薫……ありがとう」

モドキが、小さな声でそう言ってくれる。

『ありがとう』って、こんなにじんわりと心が温かくなる言葉だっけ?

久しく『ありがとう』なんて、言ってもらってなかった気がする。

「ということは、儂《わし》はこれからもビールを好きなだけ嗜《たしな》めるのだな」

私がしんみりしていると、モドキがすっかり元気を取り戻して、そう言った。

完全に調子に乗っている。

そんなわけがない。やっぱり、猫にアルコールは駄目《だめ》だろう。

モドキが普通の猫ではないのは確かなので、完全禁止にしなくてもよいと思う。でも、量は調整しないといけない。

「そうだな。体重、六キロって言っていたよね？　まぁ、せいぜいペットボトルのキャップに注ぐ程度……かな」

私が言うと、キャリーバッグをバリバリと爪で掻《か》く音がする。

少なすぎると、モドキが抗議している。

だが、猫もどきよ。五百ミリリットルの缶を抱き込んで晩酌《ばんしゃく》なんて、普通の猫はしないのだ。

◇　◇　◇

モドキを病院に連れていった翌日。

会社の女子トイレで、私は大いに困っていた。

目の前にいるのは、松本幸恵。

元カレの正樹の新しい想い人。私の後輩。

それが、トイレの出入口に立ちはだかって、話があると言って、私を足止めしている。

「ごめん。私からは、何も話はないんだけれども。正樹は煮るなり焼くなり、捨てるなり、付き合うなり、勝手にやっててよ。私には一切関係ないから」

もじもじと半泣きで立ちはだかる幸恵に困り果てて、本心を言う。

「私、本田先輩が正樹とまだ付き合っていたって知らなくって」

そう言って、幸恵が泣き始める。

面倒だな。私に慰《なぐさ》めてほしいのか？

「もう、いいから。私に関わらないで」

やっぱり面と向かうと怒《いか》りや悲しみが湧《わ》き上《あ》がってしまうから、私の目の届かないところで勝手に生きていてほしい。

そして、この大変に気まずい状況から脱出したい。

「別れた後も本田先輩が付きまとっているだけだって、正樹、私には言っていたんです。でもあの給湯室の事件の後に、同期の子に二人がまだ付き合っていたって聞いて……ひどくないですか？　私も騙《だま》されていたんです」

目をウルウルさせる幸恵。

知らんわ。私にそんなことを聞かせるな。この状況で泣きたいのはこっちだ。

叫び出したい心を必死に抑える。

きっと、この子はこうやって何かあるたびに泣いて、周りに可愛《かわい》がってもらってきたのだろう。

『あなたは悪くないよ。悪いのは、あの男』

私にそう言ってほしいのだろう。

そうやって、先輩の彼氏を奪ったという罪悪感から逃れたい。そんな意図が透け透けだ。死んでも言うか。甘えるな。

「知らない。そっちの事情は、何度も言うようだけれども、私には関係ないから。正樹があなたにどう言って付き合っていたのか、それが嘘だったとしても本当だったとしても、正直どうでもいい。私には関係ない。巻き込まないで」

きっぱりハッキリ自分の主張を宣言する。

「本田先輩ひどい。先輩なら、私の気持ち分かってくれると思ったのに」

号泣する幸恵。もう意味が分からない。

早くその出入口の前からどけ。私は速《すみ》やかに業務に戻りたい。

「正樹、別れた後も私に付きまとって復縁《ふくえん》を迫るんです。私はもう他の人と仲良くなり掛けているから、いい迷惑なんです。本田先輩がなんとかしてください」

は？

「いや、もはやどこから突っ込んでいいのやら。ストーカー化してんのか、あいつ。ドン引き通り越して滑稽《こっけい》だな。松本さんは松本さんで、変わり身早いな。もう次の相手がいるのか。そして、もう一度言おう。私は関係ない」

早口でまくし立てる。

しかし、私の言葉は幸恵の耳には全く入らないらしい。

「先輩、私、お願いしましたからね。もう付きまとわないでって言っといてください」

そう言い残して、幸恵はトイレから去っていった。

ちょ、待てよ。おい。

正樹ともう一度話をするぅ……？　嫌なこった。


会社の帰り、猫様スティックを買って帰ってきた。

家の鍵《かぎ》を開けていると、隣の部屋の住人に声を掛けられる。

「こんばんは」

大人しそうな感じの男性がにこやかに会釈《えしゃく》してくれる。

この男性は引っ越してきたときに、蕎麦《そば》を持って挨拶《あいさつ》に来た。

確か大学生と言っていた。名前は……柏木《かしわぎ》だった気がする。

「あの、すみません。猫飼っているんですか？」

柏木が話し掛けてくる。

「あ、すみません。留守中に鳴きましたか？」

モドキにかぎって、私の留守中にニャアニャアと鳴くことはないと思うのだが、可能性はゼロではない。

どちらかと言えば、時代劇の決めゼリフに合わせて『成敗《せいばい》』とか叫んでいそうだ。

「いいえ。その……袋の中の猫様スティックが見えたので」

あ、確かに。袋の中には、ビールと猫様スティックが入っている。

まさか、私が猫様スティックをアテにして晩酌《ばんしゃく》するなんて考えないだろう。

普通は、猫に猫様スティック。そして、私用にビールと考えるだろう。

ま、モドキは猫様スティックをアテにして、ビールを飲むのだが。

「ええ。猫、いますよ」

私がそう言うと、柏木の目がキラキラと輝く。

「モフモフですか？」

「ええ。長毛種ですから」

「長毛種！　どんな柄《がら》ですか？　肉球は何色？」

「えっと、白黒の縞々《しましま》で、肉球はピンク」

「か、可愛《かわい》い。写真、写真は？　てか、一目ご尊顔《そんがん》が見たい。できれば、モフりたい。

猫様スティックあげたい。猫じゃらしで遊びたい」

どうやら、柏木は猫ガチ勢のようだ。圧がすごい。

「あ……ごめんなさい。猫と聞いて、つい。実家で猫を飼っていて、一人暮らししてから飢《う》えていたもので……これは、ちょっと駄目《だめ》でした」

「まあ、ちょっとだけなら……部屋には入《い》れないけれども……モドキ！」

玄関のドアを開けて呼ぶと、モドキが玄関に駆《か》け寄《よ》ってくる。

私以外の人間の気配を感じて、ちゃんと四足歩行で歩き、ニャアと鳴くところが、モドキの賢《かしこ》いところだ。

モドキを抱き上げて、柏木に抱かせてあげると、モドキが目で『何をしやがる』と訴えている。

「可愛《かわい》い！　可愛《かわい》い！　猫だ！」

モドキの背中に柏木が顔をうずめている。

「モドキちゃん、吸っても？」

スリスリスリスリと高速で頬《ほお》ずりをして、柏木が満面の笑みで聞いてくる。

吸う？

「まあ、ちょっとならいいんじゃない？」

よく分からないままに、適当に返事をする。

すると、柏木が思いっきりモドキの背中に顔をくっつけて、大きく深呼吸する。

ああ、聞いたことがある。

猫ガチ勢の間では、猫は吸うものだと。これが噂《うわさ》の吸うという行為か。

初めて会う人間に背中を吸われて、なんとも言えない表情のモドキ。

顔が硬直している。

柏木を引きはがそうと体を捻《ひね》り、前足の肉球で柏木の顔を押して突っ張っている。

しかし、その肉球の感触すら柏木は嬉しそうで、これはご褒美《ほうび》にしかなっていなそうだ。

猫ガチ勢。恐るべし。

「あの、そろそろ……」

私が手を伸ばすと、恍惚《こうこつ》としていた柏木が我に返って、名残惜《なごりお》しそうにモドキを私に返してくれる。

モドキは、私にしがみつく。

「ありがとうございました」

ニコリと笑って、柏木は礼を言う。

悪いやつではなさそうだが、猫相手に完全に愛情が空回りしている。

「ずいぶん、猫好きなんですね」

少し引き気味で、私は聞く。

「ええ。動物全般大好きで、特に猫に目がなくて」

動物全般に対してこの態度なのか。すごいな。

「なので、僕、獣医《じゅうい》を目指しているんです」

柏木の言葉に、モドキが「ヒエッ」と小さな悲鳴を上げていた。

◇◇◇

それから数日後。

我が社の経理の仕事にはリズムがある。

暇なときにはそれなりに時間があるが、今は月末。忙しい時期だ。

これが決算月になれば、『殺す気か？　殺《や》んのかこら？』と、殺意を覚えるほどの忙しさに進化する。

とにかく領収書を確認して、締め日までに全ての出入金が滞《とどこお》りなく終わるように手配する。私も柿崎も無言で作業を進めていく。

「あのう、本田先輩」

すると幸恵が話し掛けてきた。

「何？　分からないところがあるの？」

どんなに忙しくても、後輩が困っているならば、それに応えるのが先輩の役割だ。円滑に仕事を片づけるためにも必要なこと。あくまで、業務上の話に限るが。

「この間お願いした件、まだ彼に言ってくれていませんよね？　本当に困るんですけど」

この間？　このあいだ……

「え、どの案件？　交通費の領収書に不備でもあった？」

そんなの頼まれていたっけ？　すっかり忘れているけれども、私が引き受けた件だろうか？　ええっと……

「違います。正樹の件です」

小声で幸恵が私に耳打ちする。

「はあ？」

割と大きめの声が出てしまった。

「あんた、今言う？」

ちょっと殺意が湧《わ》く。いや、ちょっとではないか……結構湧《わ》く。

このてんてこまいな状況が、目に入らないのだろうか。

てか、そんなこと言ってないで、お前も早く仕事しろ。

お前の目の前の書類が一刻でも早く片づけば、私の仕事も、もう少し余裕を持って進められるんだ。

お前がギリギリまで書類を溜め込むから、その後の作業を進める人間の締め切りがタイトになるという事実。どうして気づかないんだ。

「今そんなこと言ってる場合じゃないでしょ。ともかく業務を進めてね。その話は、もう少し時間のあるときにしよう」

言いたいことをギュッと喉の奥に留《とど》めて、角が立たないような言い方を選んで、幸恵に注意する。

「だって先輩、ちっとも正樹を止めてくれないから」

幸恵が拗《す》ねる。

本当に私の言うことを一ミリも聞いてないな、お前。

そもそもその件を、私は引き受けた記憶がない。

幸恵を無視して、業務を進める。

ああ早く、モドキに会いたい。

モドキは手のかからない猫だ。放っておいても勝手に缶詰を開けて食べるし、自分で蛇口をひねって水を出す。

けれども、六畳にずっと一人きりにして、テレビを観させるなんて、ちょっと可哀《かわい》想《そう》だ。できれば早く帰って話をしたい。

ご飯もモドキが食べるときに一緒に食べたい。晩酌《ばんしゃく》も一緒にしたい。

モドキがうちに来てから、私はなるべく早く帰りたいし、無駄《むだ》な時間は過ごしたくない。

鬼のような速さでキーボードを連打し続けていると、メールが一通届く。

幸恵からだ。

『今日の昼休み、まず先輩と話をつけるように、正樹に連絡しました。研修室で待っているそうです。よろしくお願いします』

そう書いてある。

チラリと幸恵のほうを見ると、鼻歌まじりでのんびりと書類を整理している。

幸恵の任されている仕事は少ない。

本人がやる気がなくて覚えないのと、仕事をするのが遅いから、柿崎と私でその分の仕事をこなしている。だから、この時期でもこんなに余裕があるのだ。

ふざけんな、この女。

『くっそ、マジムカつく』

心の中で幸恵に対して悪態をつく。怒《いか》りでどうにかなってしまいそうだ。

なんで世間の男は、あんな勝手な女が好きなんだろうか？

甘やかされるのを当たり前と思って、周囲に無意識に仕事を押し付ける。

思い通りにいかなければ、すぐに泣いたり拗《す》ねたり。

落ち着け、怒《おこ》っても無駄《むだ》だ、無駄《むだ》だから……

駄目《だめ》だ。忙しくてイライラして、いつもなら我慢できることも気になる。

「幸恵ちゃん、機嫌いいね。ここだけ花が咲いたように明るいよ」

他部署の男性社員が、通り過ぎ様にそう言う。

幸恵は「え〜、ありがとうございます」なんて、朗《ほが》らかに答えている。

すみませんね、私たちには花がなくて。

「コロス、コロス、コロス、コロス……」

私の後ろの席の柿崎が呪《のろ》いの言葉を吐きながら、キーボードを叩き続けている。

一連の幸恵の言葉は、柿崎にも丸聞こえだったのだろう。

「落ち着け、呪《のろ》いが口から漏《も》れているぞ。呪詛《じゅそ》は秘密裏《ひみつり》にやれ」

私は柿崎に小声で注意する。

「おうよ。丑三《うしみ》つ時《どき》に十六ビートで藁人形《わらにんぎょう》に釘《くぎ》を打つ」

するとそんな言葉が返ってきた。ノリのいいやつだ。

柿崎は『彼氏いない歴イコール年齢』の女。

少し変わっているが、見た目も性格も幸恵の百倍いい。

この柿崎の良さが分からない世間の男の審美眼《しんびがん》なんて、たかが知れている。

そう思うのは、やはりちょっと幸恵に対する妬《ねた》みや恨みが、私の中にあるからなのだろうか？

「柿崎、あんたはこの部署の誰よりもいい女だよ。私が保証する」

「ありがとう。お前もだ、本田。だが、我々どちらも西根課長には負ける」

「課長はイケメン枠だから」

「納得」

私と柿崎が二人でお互いを慰《なぐさ》め合《あ》っていると、幸恵が口を挟《はさ》んできた。

「先輩、忙しいって言うんなら、私語は控《ひか》えたらいかがですか?」

すげえな、幸恵。メンタルの強さに逆に感心するわ。

もういいや、なんでも。うん。

「今夜の藁人形《わらにんぎょう》はヘビメタ並みのヘドバンで、打ちつけてやろうか……」

幸恵の発言に、私が諦《あきら》めと悟《さと》りの境地に達したとき、ぽそりと柿崎が言った。


昼休みの研修室。仕方なしに私は正樹に会いに行く。

「なんだよ。話って」

研修室に着くと、正樹がそう言って、私を睨《にら》む。

「松本さんが仕組んだことだよ。私からお前に話はない」

私はため息をつく。

「ストーカーされていい迷惑だからやめさせろって。松本さんはもう、他に男がいるんだと言ってた」

これが用件のはず。

もう言った。終わった。聞き入れるかは正樹次第。帰っていい？

「はあ？　俺がストーカー？　……俺は、やり直そうって幸恵ちゃんを説得しただけだし。やり直せないなら、今まであげたブランドバッグとか指輪を返してほしいって言っただけ」

「なんだと。ブランドバッグに指輪。それであんたあんなに金欠だったのか。松本さんにたかられて、鼻の下伸ばしてホイホイ買ってあげていたんだ」

本当に呆《あき》れる。気づかなかった自分の鈍《にぶ》さも嫌になる。

「諦《あきら》めな。あげたものは返ってはこないし、プレゼントなんて見返りを期待してあげるほうが間違っている。次から誰かに貢《みつ》ぐときは、ノーリターン覚悟で渡しな」

私の言葉に、正樹がムッとしている。納得がいってないんだろう。

だが、幸恵は相手が誰だろうが、自分に尽くしてくれるのが当然と思っている人間だ。正樹に何をもらっていたとしても、それが特別だなんて思わないし、奢《おご》らせた罪悪感なんて微塵《みじん》も感じていないだろう。

社内恋愛なんてするものじゃないな。別れた後もなかなか面倒くさい。

「あ、そうだ。合鍵《あいかぎ》返してよ。私の部屋の鍵《かぎ》。持ったままでしょ」

七年も付き合っていたから、合鍵《あいかぎ》も渡していたんだった。不用心にも程がある。

絶対に返してもらわないと。

「ええ？　本気でお前、俺とさっぱり切れる気なの？　もう二十九歳だし、どうせ相手いないんだろ？　保留にしとけば？」

「は？　ふざけんな。私をキープにするつもりか。ていうか、私ももう相手いるし」

口から出まかせ。恋愛に疎《うと》い私に、そんなにホイホイ新しい相手ができるわけがない。

疎《うと》すぎて正樹がクズ男だってことにも気づけなかったくらいだ。

「嘘だろ。ありえん」

「本当だし。今から電話掛けてやる。男がいるって理解したら、鍵《かぎ》返せ」

そう言って、私は私用携帯でモドキに電話する。

「薫、なんだ？」

モドキが電話に出る。人語が話せるのなら持たせておいたほうが便利だろうと、携帯をモドキに新しく買って渡しておいてよかった。

「今日忙しいけど頑張って急いで帰るから、一緒に晩酌《ばんしゃく》しよう」

「分かった。頑張れ。待っている」

「ねえ、帰ったらスリスリさせて」

「分かっておる。この儂《わし》のラブリーバディが嫌いな人間はおらんだろう。存分にモフるがよい」

彼氏と会話していると取れるかどうか微妙な会話をモドキと繰り広げる。

正樹が怪訝《けげん》な顔で聞いている。疑っているようだ。

だが、まさか猫と会話しているだなんて、思いもしないだろう。

これ以上話してバレても面倒だから、早急に電話を切ってしまう。

「モフる？」

「ああ、彼、毛深いから」

モドキは長毛種だ。モッフモフのラグジュアリーな毛が生えている。猫だから。

「薫の家にいるの？」

「うん。既《すで》に同棲《どうせい》してる」

「どこで知り合った？」

「お前と別れた夜に、偶然に道端で」

嘘は言っていない。モドキは正樹と別れた日に道で拾って、それ以来うちにいる。猫だしね。

「男？」

「当然」

モドキはオスだ。猫だけど。

「くっそムカつく。なんだよそれ」

正樹はそう言いながら、投げつけるように乱暴に合鍵《あいかぎ》を返して、そのまま研修室を出ていった。

合鍵《あいかぎ》を返してもらえただけで、研修室に来た甲斐《かい》があったというものだ。

正樹が、幸恵との関係を諦《あきら》めるのかは知らない。

だが、私に他の相手がいるとアピールすることができたし、合鍵《あいかぎ》も返してくれたし、今後こちらに目を向けてくることはないだろう。たぶん。助かる。

面倒なゴタゴタだらけだった会社から、なんとか無事、家に帰還してモドキと晩《ばん》酌《しゃく》する。

モドキ用に買った一番小さなサイズのお猪口《ちょこ》に、ビールを入れてあげて、缶に残った分は私が飲む。

私は枝豆とお惣菜《そうざい》のかき揚《あ》げ、モドキは猫様スティックをアテにして一緒にコタツで並んで晩酌《ばんしゃく》。

コタツで仲良く、今日あったことや時代劇の話、愛《いと》しの推し様であるティミー様の話なんかをダラダラとしながらくつろぐ、至福のとき。

サクサクのかき揚《あ》げは美味《おい》しいし、枝豆もビールを引き立ててくれる。

「なるほど、妙な電話を掛けてきたと思ったら、そんなことがあったのか」

「そう。利用して悪かったね」

「構わん。その設定を理解したから、今度はもっとうまく誤魔化《ごまか》してやる……そうだな、『薫、愛してる』くらい言おうか?」

「マジ? 約束よ。じゃあ、『私もよ。大好き』くらい返そうか」

一匹と一人でゲラゲラ笑う。

そんな心が浮つく会話をしたことは、人生で一度もない。少女漫画の世界みたいな会話。私とモドキのいる環境とは、ずいぶん世界線が違うようだ。

「それにしても、美味《うま》い」

ピンクの舌で大切そうにビールを舐《な》めて、モドキが笑顔になる。

「ねえ、猫様スティックとビールって合うの？」

「合う。最高だ」

私が聞くと、モドキが目をキラキラさせて、いい笑顔を返してくる。

猫様スティックの原材料は、タラバガニ、和牛、魚介類、鶏《とり》ささみ……それをペーストにしている。確かに原材料を見れば、私のかき揚《あ》げや枝豆より豪華《ごうか》だし、ビールに合いそうな気になってくる。

「気になるなら一本食ってみたらどうだ？」

モドキの突然の提案に、私は戸惑《とまど》う。

「食う……？」

もう一度改めて、原材料を見つめる。

ホタテ、カニ、イカ、牛肉、鶏《とり》ささみ……美味《うま》そうだ。

だが猫用だぞ、これ。

たまに、ペット用のおやつを飼い主が間違えて食べちゃったなんて話を聞く。

安全面には十分配慮《はいりょ》しているだろうから、ほんの一舐《ひとな》めくらいなら、健康に影響はないだろう。

なんなら、今私が食べているかき揚《あ》げや枝豆よりも塩分は低いので、健康によさそうな気すらしてくる……

いやいや駄目《だめ》だろう。だって、私は人間だもの。

もし、私がこれを食ったら、自分が人間なのかよく分からなくなってしまわないか?

同じコタツに入り人語《じんご》で会話して、同じものを飲み食いすれば、モドキと私の違いは毛深さくらいになってしまう。どうだろう?

猫もどきのモドキと人間もどきの本田薫。

種族の境界が曖昧《あいまい》になって、わけが分からなくなる。

「ヤバイ。人間やめそうだった」

私は、慌《あわ》ててモドキに猫様スティックを返す。

「大げさな」

そうモドキは鼻で笑っていた。


モドキと一緒に晩酌《ばんしゃく》を楽しんでいると、マンションの共用廊下がなんだか騒がしい。

ドアスコープを覗《のぞ》いてみると、正樹と柏木が言い争いをしている。

「うわ。あいつなんで来たんだ。最悪」

七年もクズ男と付き合うものではない。

住んでいる場所がバレているから、こちらの都合なんてお構いなしに突撃される。

耳を玄関の扉につけて、二人の会話を聞いてみる。

「お前があの男か？」

正樹が柏木を怒鳴《どな》りつけている。

柏木は、手に猫様スティックの入った袋を持ってキョトンとしている。

「なんのことですか？」

柏木は困惑して当然だろう。完全な勘違いの言いがかり。

どうしよう。外に出れば、嘘がバレてしまうだろうか？

だが、このまま柏木が勘違いされて、責め立てられるのも可哀想《かわいそう》だし申し訳ない。

「本田薫の電話に出ただろ？　モフるとかモフらないとか」

正樹は私に本当に男ができたのか、疑っているのだろう。

それは、そうだ。私の性格上、とっかえひっかえ男ができるわけがない。恋愛はどちらかといえば苦手だ。

「？？？　（本田さん、モフる。モドキちゃんのことか？）……！　ああ、なんだ。ええ。モフりました」

柏木がなんだか勘違いしている。会話の雲行《くもゆ》きが怪しい。

「モフった？　（薫を？）」

正樹も柏木の言葉を誤解していそうだ。

「ええ。こう（モドキちゃんに）……顔をつけてスリスリして」

「（薫に）スリスリ？」

会話のすれ違い。事実と乖離《かいり》している。

「そうです。そして（モドキちゃんの背中を）吸いました」

「（薫を）……吸う？」

いや、大変なことになっていませんか？

「そこまで仲良くなっているのか……」

「ええ、仲良くなりました。これからお土産《みやげ》を持っていくところです。できれば膝《ひざ》に乗せて一吸いさせてもらえないかと思っています」

柏木は満面の笑みだ。

会って間もない女をスリスリしたり吸ったりする変態と、自分が思われているなんて、露《つゆ》ほども思っていない笑顔。

正樹は愕然《がくぜん》としている。

「まさか、こんな変態が……」

「変態？　あの魅惑《みわく》のボディ。我慢できませんよ」

「このっ……獣め！」

「え、ああ。確かに、大きく分類したら獣ですかね？（猫ですからね）」

「あ、柏木さん。ほら、早く入って。待っていたの」

慌《あわ》てて玄関の扉を開けて、柏木を部屋に入れる。

「え、いいんですか？　嬉しいなあ」

柏木は、にこやかだ。事態をまだ理解していないのだろう。

申し訳ないが、そのまま利用させてもらう。誤解は後で解いて、ちゃんと謝る。

「正樹。ということだから、二度と来ないで」

バタンと乱暴に扉を閉めると、しばらくしてマンションの階段を下りる音がする。

これ以上どうすることもできないと判断したのだろう。このまま諦《あきら》めてくれればいいのだが。

だいたい、本命の幸恵に相手にされないからって、また私に執着してくるところが下衆《げす》だ。

部屋の中では、既《すで》に柏木が嬉しそうにモドキを膝《ひざ》に乗せてスリスリしている。

モドキは死んだ魚のような目をして固まっているが仕方ない。

柏木を面倒ごとに巻き込んでしまった対価は、ちゃんとモドキが払ってくれている。

うん。大丈夫そうだ。

成り行きで柏木を部屋に入れてしまった。

たとえ年下で無害そうに見えても、よく知らない男性を一人暮らしの部屋に入れるなんて、若い女性にとっては危険行為。やってはいけないことランキングの上位に入る。

まあ、向こうはモドキにしか興味がないだろうから犯罪行為は……いや、モドキの姿見たさに盗撮や盗聴は実行する可能性があるか？　気をつけておこう。

「ありがとうね。柏木君のおかげで助かった」

しかし、柏木のおかげで正樹を追い返せたのは事実だ。お礼は言っておこう。

モドキに夢中になっている柏木に、正樹が七年付き合った元カレであること、新しい男ができたと嘘をついたら確かめに来たこと、などを説明する。

「いえいえ。僕はなんにもしていません。しかし、よかったです。お役に立てて」

モドキを膝《ひざ》に乗せて、柏木はご満悦《まんえつ》だ。

優しい性格なんだな。

正樹とのゴタゴタに巻き込まれて、迷惑を掛けている。それなのに、こんな風に返してくれるなんて。

いやいや、簡単に信用してはいけない。そんな風に簡単に信用してコロッと騙《だま》されるから、浮気男と七年も付き合うという、最悪の事態になったのだ。

チョロ子は卒業するのだ。

「あ、そうだ。今日いいものをもらったんで、それをモドキちゃんにあげようと思って、持ってきたんです」

そう言って柏木が出したのは、見たこともないキラキラした猫様スティック。

「今日、伝手《つて》でもらった非売品で贈答用《ぞうとうよう》の猫様スティックです。『北《きた》の海峡荒《かいきょうあら》くれ鮪《まぐろ》スペシャル』『京都《きょうと》幻《まぼろし》のカニデラックス』『竹阪牛《たけさかうし》エクセレント』の三本セットです」

どや顔の柏木。北の海峡荒くれ鮪？　京都幻のカニ？　竹阪牛？　何それ、猫様スティックを食うために、人間の尊厳をかなぐり捨てようかと思うレベルの高級食材。え、なんなら私、どれ一つ食べたことありませんが？

その食材たちが、お猫様スティックと化して、この部屋にある。

パッケージの文言もすさまじい。

『可愛《かわい》い猫様の喜ぶ顔が見たい。その一心で現地に社員が飛び、生産者様に土下座をして我々の熱意を伝え、苦節十年。ついに実現した夢の猫様スティック。愛《いと》しい猫様との幸せな時間を、どうかお楽しみください』

その文章が熱量マックスで製造したことを物語っている。

生産者……漁師さんや酪農家《らくのうか》さんだろうか。

驚いただろうな。こんな高級食材で猫様スティックを作るために、土下座する社員たち。しかも十年も。ここの社員は、全員柏木なのだろうか？

驚きと戸惑《とまど》いの混じった生産者たちの表情が目に浮かぶ……。

「美味《うま》そう……」

頑張って普通の猫のフリをしていたモドキの口から、思わず言葉が漏《も》れる。

「え……？」

柏木に聞かれてしまった。

モドキは慌《あわ》てて口を押さえているが、既《すで》に手遅れだろう。

どうしよう。解剖《かいぼう》される？

「か、柏木君を真の猫好きと信じて、話……」

私が言葉を選びながら、どう説明しようかと迷っていると、

「可愛《かわい》い！　可愛《かわい》い！　マジ？　モドキちゃん、賢《かしこ》いねえ！　え、たくさんお喋《しゃべ》りできるの？　うわ、ひょっとしてクッキーとか作れたりする？」

テンション爆上げの柏木が、モドキをギュッと力一杯抱き締めて、爆速でスリスリ

する。

「わ、待て。柏木。は、離せえ……！」

黙《だま》っている必要のなくなったモドキは、柏木の腕から逃れようと全力で抗議する。

だが、モドキの言葉は柏木に聞こえていても、聞き入れてはもらえなかった。

「僕ねえ、動物とお話しするの夢だったんです」

全く動じていない。ガチ勢、恐るべし。

よかった。柏木が優しい動物好きで。どうやら、モドキ解剖《かいぼう》の危機はなさそうだ。

◇　◇　◇

一週間後。

あれから正樹が私に接触してくることはない。

幸恵がまだ時々、ぶつくさと文句《もんく》を言ってくることから、正樹は本命の幸恵の説得に集中することにして、私はどうでもよくなったのだろう。

キープと思っていた女に別の男ができたら、追い掛ける必要はないということか。

ムカつくが助かる。

心穏やかに仕事をしていると、課長に呼び出される。今度は柿崎も一緒だ。

柿崎も一緒ならば、また正樹のこと、というわけではなさそうだ。なんだろう？

会議室で柿崎と並んで座って待っていると、課長が遅れてきて正面の席に座る。

「業務のことで、柿崎君からデータをもらった。本田君にも関係することだから、君も呼んでほしいと柿崎君に言われてね」

そう言って西根課長が見せてくれたのは、『業務負担の均一化と軽減について』と題名のついた書類だ。

経理課全員の残業時間や業務分担がデータにまとめられている。

常態化する残業と誰がどのくらいの仕事をこなしているのかが、一目瞭然《いちもくりょうぜん》で分かる。よくできた書類だ。

私が感心して書類を見ていると、柿崎が口を開く。

データの数値から分かる問題点を示して、それを改善することを課長に要求し、自分も改善案を提示している。

柿崎は藁人形《わらにんぎょう》にへドバンかます熱意を、もっと建設的に、業務の改善を西根課長に訴えるという方法で昇華したんだ。

なんて男前……いや、女前なやつだろう。カッコイイ。

「素晴らしいデータですね。さすが柿崎」

心からの賛辞を、私は柿崎に贈る。

「うん。私もそう思う。柿崎君のデータは、業務改善のための予算をぶん取るために、これから大いに活用させてもらう。ありがとう」

柿崎に、西根課長が礼を言う。

「予算なんて取らなくても、今、業務の負担が少ない松本さんの仕事量を増やしたら、それでいいんじゃないですか？」

柿崎が、西根課長に意見する。

確かにそうすれば、部署内の残業はゼロにはならなくとも、仕事量は均一になる。今よりも他の人の負担は減る。

「気持ちは分かる。だが、今の彼女は仕事に対して前向きではない。何度か面談して、今後の希望や目標なんてものを聞き出したが、仕事は彼女にとって、二の次でしかない。彼女に新しい仕事を覚えさせるのは至難《しなん》の業《わざ》だし、もし重大なミスをされたときに対処するのはこちらだ。それを考えると怖い」

「そんな……」

思わず言葉が漏れる。

「特に怖いのは、今でさえ彼女はしょっちゅう休むのに、それがさらに増えたり、退職したりすることだ。考えてもみろ。彼女の業務負担を増やした途端に、こんな忙しい仕事は嫌だと言って放り出すかもしれない。悪夢としか言いようがない」

ありうる。

幸恵は締め日であろうが関係なく、突然休むことがよくある。

自分の業務と幸恵の業務を息つく暇もなくこなした次の日に、日帰り旅行のお土産《みやげ》だと、温泉饅頭《おんせんまんじゅう》を渡されたこともある。

そのときは、考え方があまりにも違いすぎて愕然《がくぜん》とした。

「自分の担当業務が終わっていないのに、突然休むのは困る。責任を持って業務に取り組んでほしいと注意はしてみたが、『それって昭和的な考えですよね？　有休は当然の権利として、いつでも使ってよいはずです』と、言われてしまった」

西根課長が苦笑いしている。

幸恵、恐るべし。西根課長がこれだけ手を焼くのだから、私たちが太刀打ちできるわけがない。

「じゃあ、私たちが松本さんと同じ量の仕事しかしたくないって言ったら、どうするんですか？　あの子は仕方ないって、周りの負担が増えるのはおかしいですよね？」

柿崎は、くって掛かる。

柿崎の気持ちも分かる。私はウンウンと首を縦に振って同意する。

「そうだな。周りの負担が増えるのはおかしい。だから今、上層部に訴えて、部署全体の負担を軽減するためのシステム導入と、新しい人員確保の交渉をしている。今回柿崎君のくれたデータは、我が部署のひっ迫した状況を示す証拠になる。決算月には間に合わせられるように頑張っているから、私を信じて待っていてくれないか？」

信頼と実績のある西根課長に信じろと言われれば、私も柿崎もそれ以上は何も言えない。

「「分かりました」」

私も柿崎も一言そう言って、その日の話し合いは終わった。

昼休み。モドキから電話がかかってくる。珍しい。

「どうしたの？」

「柏木が部屋に遊びに来いと言うのだが、行っていいか？」

電話に出ると、モドキがそんなことを言う。

遊びに行く許可を求められるなんて、小学生男子の母になった気分だ。

あれから、モドキと柏木は連絡先を交換して仲良くしている。

話せるのがバレてから、どのくらいの距離感で接してほしいのかを柏木に明確に伝えられるようになり、強引にスリスリされることも減ったようだ。

強引な行動が減れば、モドキは柏木を嫌わない。

一緒にテレビを観て、時代劇の決めゼリフを柏木とモドキで叫んだり、猫じゃらしでチャンバラしたり、一緒にテレビゲームをしたり、楽しく過ごしているようだ。

まるで、小学生男子の遊び。可愛《かわい》い。

柏木は学生だが、二浪して入学した上に、獣医学部《じゅういがくぶ》は六年制で今五年生だから二十五歳。私と四つしか違わない。

自分とさほど年齢の変わらない男性が、猫とチャンバラやテレビゲーム……

優しい柏木が、モドキの趣味に合わせてくれているのだろうが、面白い。

「いいよ。鍵《かぎ》掛けるのと、電話連絡は忘れないでね」

私がそう言うと、モドキは「分かった」と言って、電話を切った。

私の社用携帯に、柏木から『モドキちゃん、預かりますね。許可していただきありがとうございます』と丁寧にメールが入っている。

私からも『よろしくお願いします』と返信しておく。

こういう連絡をこまめにしてくれるところが、柏木の信頼できるところだと思う。

きっと将来は、仕事のできるいい獣医《じゅうい》になることだろう。

それよりも……最近モドキにどんどん生活が侵食されている気がする。

モドキの声を聞いただけで、こんなに心が軽くなる。

もし、モドキに何かあっていなくなったら、私は耐えられるのか不安になる。

「いいよな。新しい彼氏」

隣で弁当を食べながら会話を聞いていた柿崎が、私を羨《うらや》む。

柿崎にモドキのことは言っていない。

会社の人間にモドキの話をすれば、私に彼氏ができたことが嘘だと、正樹にバレる可能性がある。

そうでなくても、モドキのことはできるだけ隠しておいたほうがいいと思う。柏木も同意見だった。

柿崎はモドキを私の新しい彼氏だと思っている。

「私も恋愛したい。マジ、誰か紹介して」

「……コミュ障の私に言われても困る」

いい人なんて知っているわけがない。

そんなにホイホイ男を紹介できるなら、七年もクズ男に引っ掛からないだろうし、既《すで》に新しい彼氏もできているだろう。

「道端に落ちているのを私も狙うか」

「いいぞ、道。色んなものが落ちている。電柱の陰が狙い目だ。意外と幸せが落ちている」

柿崎の言葉に私はそう返す。

「落ちているの、ほとんどがゴミじゃん」

柿崎は笑っていた。

# 第二章　拾ったのは小さな幸せかもしれない

今日の仕事を終わらせ家に帰ると、明かりがついていて、テレビの音がする。

時代劇の古風なオープニングテーマが流れている。

今までは暗い静かな部屋にただ戻ってくるだけの生活だったが、モドキのおかげで、帰ってきたんだって実感が湧《わ》く。

「ただいま」

「おかえり」

私がそう言うと、モドキも返してくれる。

ささやかなことがすごく心に沁《し》みる。

「柏木君は？　今日はもういいの？」

「ああ。何やら大学で実験があるらしくてな。儂《わし》と遊んだ後、部屋に送り届けてくれて、そのまま大学へ行ったぞ。忙しいやつだ」

そうなんだ。夜に実験があるだなんて、獣医学生《じゅういがくせい》も大変だ。

当番のときは早朝に大学に行って、牛や羊の世話をすると言っていた。

本当に忙しそうだ。

私の学生時代とは全然違う。大学生のときなんて、休講を願い、サボれる授業を朝一に入れることばかりに情熱を注いでいた。

専門家になるには、柏木のように熱意を持って、学習しないといけないのだろうか。

鍵《かぎ》と一緒に、袋に入った大きめの丸いクッキーが一つ、台所に置かれていた。リボンがかかっている。クッキーの表面にはモドキの前足の型がついている。

「モドキ、これは？」

明らかに手作りと分かる、歪《いびつ》な形のクッキー。

柏木が作ってくれたのだろうか？　なんで？

「ああ。儂《わし》と出会った日、薫は誕生日だったんだろう？　だから、誕生日プレゼントだ。儂《わし》がこのラブリーなお手々でまぜまぜして、コネコネした。あっ、猫毛が混入しないように、ちゃんとビニールを全身に被って作ったんだからな」

モドキがどや顔する。ということは、こ、これは、憧れの……動物さんが作ったお菓子。

それを、私の誕生日プレゼントに？

「柏木が買ってくれたクッキーミックスを使っているから味は心配ない。儂《わし》はコネコネして、手形をつけて、オーブンのスイッチを押した程度だがな」

ビニールを被っていたせいで酸欠になり掛けて、柏木と私用の二枚しかできなかったこと。それでも頑張って作ったことをモドキは楽しそうに話す。

粉をぶちまけ、卵でぐちゃぐちゃになり、大笑いしながら、柏木と二人で頑張ったのだそう。

今日もテレビを観て、ゲームでもやっているんだと思っていた。

私のために、こんなことをしてくれているなんて、夢にも思わなかった。

こんなの、幸せすぎる。どうやってお返ししたらいいのか分からないくらいだ。

スマホを見ると、柏木から『モドキちゃん頑張ってたんです♪』というメールが送られてきていた。

さらに、モドキがゴミ袋を被って生地をコネコネしている写真、酸欠にならないように時々ビニールから顔を出して休憩している写真、綿棒で生地を広げている写真。

ボウルがテーブルから落下して、床が一面、粉まみれの写真など、そんな楽しそうな場面が数枚送られてきている。

柏木とモドキには感謝しかない。だって人生最悪だと思っていた誕生日が、彼らのおかげで、こんなに幸せな記憶に上書きされたのだから。

でも、大丈夫かな。この粉だらけの部屋。こんなに頑張ってくれたんだ。

「どうしよう……嬉しすぎるんだけど。泣きそう……」

食べるのがもったいなくて、私はクッキーを握りしめて、「ありがとう」と心の底から絞《しぼ》り出《だ》すように、モドキに言った。

◇◇◇

その週の週末、私は初めて柏木の家に足を踏み入れた。

モドキと一緒にクッキーを作ってくれたお礼に、近くの洋菓子店で焼き菓子を買って持っていったら、一緒にお茶しましょうと誘われたのだ。

普段、どんな風にモドキが柏木と過ごしているのか気になって、そのまま誘いに乗ってみた。

男性の部屋に足を踏み入れる。

ちょっとドキドキしながら、私は柏木宅の玄関に上がる。

柏木の部屋は私の部屋と隣同士で、間取りは一緒だ。

だが、住む人が違えば、家具の配置や部屋の雰囲気が違う。まさかこれほどまでに、猫愛が炸裂《さくれつ》した部屋だとは思わなかった。

まず、柏木の履《は》いているスリッパが猫の足。茶トラのモフモフスリッパ。

カーテンも猫柄《ねこがら》。青いカーテンに、白の小さな猫がぶら下がった柄《がら》がついている。

立派な猫タワー。テレビの前のテーブルは肉球の形。猫の形をしたモフモフのラグ。

「うわっ……」

驚いて、思わず小さな声が漏れる。

「分かる。儂《わし》も最初はドン引きした」

モドキがこっそり教えてくれた。

モドキの話によると、柏木は実家の猫が恋しすぎて、脳内で猫を飼って生活していたらしい。脳内の猫のために、部屋に猫タワーまで完備したというわけだ。

「脳内猫……すごいな。そんなに猫が好きならば飼えばいいのに」

テレビの前に飾ってある写真について聞いてみると、柏木の実家猫のラクシュだという。

真っ白フワフワの長毛。ヒマラヤンのオス。

愛が強い飼い主に可愛《かわい》がられて、最高にふてぶてしい態度だ。

柏木の親は猫愛が溢《あふ》れすぎて、もはやラクシュにお仕えしている下僕《げぼく》のような状態らしい。柏木以上……

一度その様子を覗《のぞ》いてみたい気もする。

「飼いたいんですけど、研究で何日も帰れないこともありますし、なかなか難しいんですよ」

柏木がコーヒーを淹《い》れながら答える。

「だから脳内猫で我慢していたんです。そしたら、本田さんとお話しする機会があって、モドキちゃんと仲良くなれて、本当にラッキーでした」

肉球型テーブルに私と柏木用のコーヒー、焼き菓子、モドキ用の猫様スティックが並ぶ。

モドキは、柏木に猫様スティックを開けてもらって、テチテチと舐《な》め始《はじ》めた。

柏木が嬉しそうにそれを眺めている。

「はあああ。その両手で持って食べるところ、最高ですね」

コーヒーを飲みながら、柏木が吐息を漏《も》らす。

「あ、そうだ。モドキと一緒にクッキー作ってくれたでしょ？　ありがとう」

私は改めてお礼を言う。

「いえいえ、僕がモドキちゃんと作ってみたかったんです」

そう言いながら、柏木がキッチンのほうを見た。

そこには、モドキが作ったクッキーが堂々と飾られている。

動物さんとクッキング……確かに、実現したい夢の一つではある。

ブレない柏木。相変わらず、猫愛がすごい。


柏木は午後から大学に行く用事があるそうで、解散した後、私はモドキと一緒に散歩をすることにした。

猫を背中に乗せて旅する男性の動画をネットで観て、やってみたくなったというのが、この散歩の裏テーマだ。

モドキなら、突然逃げ出して迷子になるなんてことはないから平気。

背中に乗せるくらい余裕だと思ったのだが……重い。

六キロ、重いな。めちゃくちゃ肩が凝《こ》る。

アニメなんかではよく自分の相棒を肩に乗せて走り回っているが……あれ？

なんの疑問も持たずに、可愛《かわい》い相棒を連れて旅なんて素敵♪　と観ていたが、無理だろ。これ。

数学の問題に出てくる、どこまでも一定の速度で休まずに歩き続ける男の子といい、アニメの男の子といい、空想世界の少年たちは、とんでもないタフガイが多い。

きっと彼らが大人になれば、世界を征服《せいふく》することも容易だろう。

「ほれ、薫。キリキリ歩かんか。駄馬《だば》め」

モドキが肩の上で文句《もんく》を言う。ポフポフとピンクの肉球で頭を叩いてくる。

モドキは馬上の将軍の気分なのだろう。

馬が速《すみ》やかに進んでくれなければ、気分が出ないというところか。

「馬、言うな。ちょっとダイエットすれば？　重すぎ」

私は、モドキのモチモチの腹をムニムニしながら言い返す。

「何を言うか。この魅惑のナイスバディ。モチフワ感が儂《わし》のチャームポイント。この体型を維持するために、たゆまぬ努力をしておるのだ」

「努力？　え、そんなのしてたっけ？」

モドキが努力をしていた場面が思い当たらない。欲望のままに、呑気《のんき》に過ごしているのだと思っていた。

「愚か者め。程よく睡眠をとって、美味《おい》しくご飯を食べること。これこそ、幸せバディの秘訣で日々の努力ではないか」

フフンと、モドキが胸を張る。

相変わらず、口の減らない屁理屈《へりくつ》猫だ。

……まあ、私もこのモドキのフワモチ触感がなくなってしまうと、少し寂しくはあるのだが。

散歩の目的地は、ペット同伴可のオープンカフェ。

近所にできたおしゃれなカフェで、ワンコを連れた人が食事をしているのを見て、行ってみたいと思っていたのだ。

ペットと一緒にご飯を食べることが可能で、ペット用の減塩のメニューなんかも用意されているらしい。

一応予約して、事前に猫だということは伝えている。

しっかり躾《しつ》けられていて、脱走の対策などは飼い主の責任で行ってくれるなら大丈夫だと言っていた。

カフェに到着し、席に着く。メニューを広げて、まずモドキの料理を選ぶ。

鶏《とり》ささみと人参《にんじん》のサラダ。鮪《まぐろ》のぶつ切り、小エビのペースト……可愛《かわい》い盛り付けでどれも美味《うま》そうだが、高い。お値段が可愛《かわい》くない。

「モドキ、一個だけだからね。お財布のことも考えて」

こっそり小声でモドキに忠告する。

「分かっておる。薫がそう裕福ではないのは一目瞭然《いちもくりょうぜん》」

貧乏、一目瞭然《いちもくりょうぜん》なんだ。悪かったな。

ほんとうにモドキは一言多い。

モドキは鮪《まぐろ》のぶつ切りを選ぶ。ちっこい皿に盛りつけられた少量の料理が、九百円は高いが、仕方ない。

私の七百円のパスタのほうが安いのは、気のせいだと思っておこう。

店員さんを呼んで注文をして、柏木にメールする。

『モドキと一緒にペット同伴カフェ中』という文面と共に、モドキを肩に乗せて歩く写真やカフェでくつろぐ写真を送る。こんなメールを打てる相手がいるのは、楽しい。

猫友、素晴らしい。

『わ、羨《うらや》ましいです。今度、誘ってください。僕もモドキちゃんを肩に乗せて歩きたいです。カフェ行きたいです』

柏木から返信。動物を肩に乗せて歩くことへの憧れを分かってくれるなんて。

今度は、柏木も一緒に来よう。

どうやって乗せれば肩が凝《こ》らずに歩けるか、柏木ならいいアイデアを出してくれるかもしれない。


ペット同伴カフェ。家とはまた違った空間で、モドキとゆっくりできる。

事前に猫と伝えていたから、他のお客さんとは少し離れた場所に席があって、まったりできるし、小声ならモドキと会話できてありがたい。

モドキは椅子の上で香箱《こうばこ》座りをしている。撫《な》でるとモッフリボディが心地いい。

モドキのシッポがパタパタと横に揺れている。

カフェの前には公園があった。親子連れが遊び、のんびりした光景が広がっている。

公園内のドッグランでは飼い主たちが世間話を楽しむ中、犬たちがはしゃいでいる。

公園の木々では鳥が羽を休めており、まったりとしたのどかな休日だ。

リスまで木々の間を走り回っている。

「なんとも殺伐《さつばつ》としているな……」

「どこがよ？」

このほのぼのとした、平和を絵に描《か》いたような光景を前に、どうして殺伐《さつばつ》なんて感想が出てくるのか。

「あの犬たち。リスたちに馬鹿にされて、マジ切れだ」

「リス……」

「リスたちは『この飼い犬どもめ。リードに繋《つな》がれ、自ら好きなところに行くことも叶わぬとは。でかい図体《ずうたい》をして間抜けばかりだな』と言っている。あそこの大型犬……ボルゾイか？　やつは『何を申すか。拙者《せっしゃ》は好んで主《あるじ》の命に従っているのだ』

と言っている」

そんな喧嘩が繰り広げられていたのか。

「『は、馬鹿馬鹿しい。あんな平和ボケした主《あるじ》では、どうしようもないな』とリスが言っている。『主《あるじ》まで愚弄《ぐろう》するとは！　おのれ、たかがリスのくせに』とボルゾイ。他の犬たちも一緒になって、どうリスを捕まえて調理するかとか、そんなことを話し合っている……あ、ハスキーは事態が分からんようで、ひたすら虫を追い掛けて遊んでいるな」

あのハスキー、そんなボーッとした感じの犬なんだ。あんなに強面《こわもて》なのに。可愛《かわい》いな。

しかし、言葉が分かると、他愛ない風景が違って見えるのが面白い。

「あのスズメちゃんは？」

カフェの前で、お客さんの食べ残しをついばんでいる可愛《かわい》いスズメが二羽。

「あのスズメらか。『このパンは天然酵母《てんねんこうぼ》を使ってはいるが、まだまだだな』『やはり、この辺りでは……あの駅の裏のパン屋が一番だな』『ああ、天然酵母《てんねんこうぼ》への理解度が違う』と言っている」

「………」

スズメ、やたらグルメだな。

よし、帰りに駅の裏のパン屋を探してみよう。どれだけ味が違うのか。

街中の穀物《こくもつ》を食べつくしたスズメたちのオススメのパン屋に、俄然《がぜん》興味が湧《わ》く。

しばらくして、料理が運ばれてきた。モドキ用の鮪《まぐろ》のぶつ切りと、私用のパスタ。

バジルとモッツァレラチーズのトマトソースパスタは、モチモチとしていて、トマトの酸味とチーズのコクがいい感じに絡んで、満足できる味だった。

「どう？　鮪《まぐろ》は？」

私はモドキに聞く。

「うむ。噛めば噛むほど鮪《まぐろ》の味が口に広がる。このしっかりした噛み応えは、ぶつ切りだからこそだな。口の中で鮪《まぐろ》が飛び跳ねているようだ。そして風味もいいな」

がっつりとした感想を、モドキが述べる。

何を食べても「うーん、美味《お》しい《い》♪」しか言わない、この間観たテレビの女子アナが腰を抜かしそうだ。

「モ～ド～キ～ちゃ～ん！」

モドキが鮪《まぐろ》を食べるのを見ながら、コーヒーを啜《すす》っていると、遠くから近づいてくる声がする。

あれ？　柏木……？　なんて思う間もなく、柏木がモドキに飛びつく。

柏木が飛びついた勢いで、モドキの手から最後の一かけらの鮪《まぐろ》のぶつ切りが吹っ飛び、綺麗《きれい》な放物線を描いて、カフェの前の道路に落下する。

すると、カラスが一瞬の隙をついて、鮪《まぐろ》を掻《か》っ攫《さら》っていってしまった。

『もらったあ！』

たぶん、そう言っている。うん。モドキに聞かなくても分かる。

バッサバッサと、心なしか喜びに満ちた表情をして、カラスが飛び去っていく。

「わ、儂《わし》のまぐろおおおおおおおおお」

モドキが突っ伏して嘆く。

楽しみにしていた最後の一口。それを横取りされたら、こうなるのも分かる。

「え、わあ、ごめん。ごめん、モドキちゃん」

「おのれ、許さん。許さんぞ柏木！」

モドキが肉球でポフポフと叩くが、柏木は嬉しそうだ。

猫ガチ勢にとっては、この程度の攻撃はもはやご褒美《ほうび》にしかならないのだろう。

こういうときに、怒《おこ》ってはいても爪を出して本気で引《ひ》っ掻《か》かないあたり、モドキは偉い。モドキが爪を出していれば、柏木は今頃血まみれだ。

……まあ、血まみれになっても、柏木にとってはそれすらご褒美《ほうび》なのかもしれないが。血まみれの柏木が、今と同じ笑みを浮かべている絵面《えづら》が容易に浮かぶ。

「モドキ、いいでしょ？　普段から柏木君には、いろいろもらっているんだから」

「薫、分かっておらんな。今この瞬間が、食事の一番盛り上がるところだったのだ。最後の一口とは、時代劇の『成敗』と同じ。それほどに大切だったのだ」

モドキがテーブルをバンバンと叩いて訴える。

結局、もう一品を柏木に奢《おご》ってもらって、モドキはお腹一杯でホクホクしながら、最後まで食事をしていた。

柏木はモグモグと幸せそうに食べるモドキを見ながら、モドキよりもさらに幸せそうな笑顔で、カフェを満喫《まんきつ》していた。

帰り道。柏木の肩の上にモドキが乗っている。

「確かに、思ったよりも重いですね」

「でしょ?　モドキ、六キロだから。確かあの国民的人気アニメの主人公の相棒も、同じ体重だったような……」

「え、こんなに重いんだ」

「あ、頭に乗せれば左右のバランスがとれて結構マシかも……でもこれ、ちょっとした衝撃で首の骨がイカレそう」

私がそう言うと、柏木はモドキを頭に乗せたり、右肩に乗せたり、左肩に乗せたり、いろいろと工夫して遊んでいる。

結論。どうやってもモドキは重い。

軟弱な一般人の我々には、こんなのを体に乗せて、旅なんてできない。

どうしても、動物を肩に乗せて旅に出たいとお考えの方は、マッスルで強靭《きょうじん》な肉体を手に入れてから出発することをお勧めする。

◇　◇　◇

次の日の仕事の昼休み。談話室で柿崎と食事をする。

部署の他のメンバーは外食で、弁当組は私と柿崎の二人。いつもの光景。

スズメ推薦《すいせん》の、駅の裏にあったお店のパンを頬張《ほおば》る。

うっま。何これ、すごく美味《おい》しい。

シンプルなクルミパン。モチモチ食感の生地に、香ばしいクルミ。

「マジ美味《うま》いな」

柿崎にもバゲットを分けてあげた。その美味《おい》しさに驚いている。

柿崎がバゲットを齧《かじ》るたびに、パリパリと音がする。美味《うま》いパンは、音も美味《うま》そうだ。

「でしょ？　穀物《こくもつ》にうるさいご近所さんのグルメ口コミ、すごいよね」

スズメの情報は確かだった。

モドキは残念ながらパンは食べないけれども、柏木からも『このパン、すごい。さすがスズメちゃん』と、喜びの文面と共に、大学で友達とパンを齧《かじ》っている写真がメールで送られてきた。

昨日のカフェの帰り、モドキと柏木と私の一匹と二人で、スズメ推薦《すいせん》のパン屋を探して、買って帰った。

ペットが入れないお店だったが、柏木がいてくれたおかげで、モドキと外で待ってもらうことができた。柏木と私で交互に店内に入って、パンを買った。

モドキを一人きりで待たせずに済んで助かった。

一人だったら、場所の確認しかできなかった。この美味《うま》いパンとの出会いは、もう数日、先に延ばされていたことだろう。

「え、なんですかその美味《おい》しそうなパン？　一個食べたいです」

幸恵が談話室に入ってきて、話し掛けてくる。

手にはカップ麺《めん》を一個持っている。珍しい。

幸恵は男性社員の誰かと外食に行って、奢《おご》ってもらうことが多いのに。

「いいよ。多めに買ったし、一個食べな」

幸恵にもクロワッサンを渡す。

「バターの風味がすごいですね。香ばしくて美味《おい》しい」

カップ麺《めん》が出来上がるまでの三分を待っている間に、幸恵はクロワッサンに齧《かじ》りついて笑顔になる。

柿崎と西根課長が頑張ったおかげで導入された新しいシステムによって、我が部署の忙しさは、かなりマシになった。

紙で回していたいくつかの資料が電子化され、印刷とＦＡＸとハンコが必要だったものも、メールだけで済むようになった。

おかげで、幸恵の突然の休暇もさぼり癖にも、腹が立たなくなった。

幸恵は幸恵、私たちは私たちと、穏やかな関係を保てている。

やはり、忙しすぎるのはよくない。余裕がなくなって、殺伐《さつばつ》としてしまう。

「珍しいね。なんでカップ麺《めん》？」

柿崎が自作の弁当を頬張《ほおば》りながら聞く。

私のパンの袋の上に、一個ハンバーグを置いてくれているのは、先ほどのバゲットのお礼なのだろう。ありがたくいただく。

「聞いてください！　これには理由があって……腹立つんですよ。最近受付に入ってきた新しい子が！」

幸恵は語る。

受付に入ってきた新しい子とは、元読者モデルのやたら美人な子で、その子が入った途端に、幸恵に奢《おご》ってくれる男性社員が減ったのだそうだ。

今まで一緒にご飯食べようと誘ってきていた男性たちは、その子の取り合いで忙しいらしい。

そうなれば、幸恵は自分でお金を出して食事をせざるを得ないし、当然財布は寂しくなる。

だから、こうやってカップ麺《めん》で済ませる日を、週に何日か作ってみたのだという。

「ふうん？　そうなんだ」

そもそも、どうして奢《おご》ってもらうことが常態化するのか。

その辺が分からないから、幸恵の腹立ちには私はあまり共感できない。

そのため、つい返事が曖昧《あいまい》になってしまう。

「はあ。もう仕事に生きようかな。狙っていた人もなびいてくれないし」

「あれ？　新しい彼氏がいるものだと思っていたけど、違ったんだ」

「違いますぅ。気になる人がいるだけですぅ」

私の言葉に、幸恵がズルズルとカップ麺《めん》を啜《すす》りながら答える。

「どんな人？」

柿崎が聞く。

私は興味がなさすぎて、柿崎のハンバーグを齧《かじ》って黙《だま》っている。

料理上手な柿崎。ハンバーグにはお弁当用に、冷めても美味《おい》しい工夫がほどこしてある。美味《うま》い。どうやったら、こんなに柔らかく作れるのだろう。

そのほうが、幸恵の想い人より気になる。

「ええっと、優しくって、猫が好きで、獣医《じゅうい》のたまごで、年齢は……二十五くらいかな？　年上なんです」

ん？　なんだか似た人物を知っている気がする。

「あれ、社内の人じゃないんだ」

「ええ。ケーキ屋さんでバイトしているのを見掛けて♪　すごく親切で、キュンとして」

幸恵は想い人について幸せそうに語るが、私の胸はざわつく。

「実家で長毛の猫を飼っていて、最近は近所の猫を可愛《かわい》がっているそうです」

「へ、へえええええ」

「実家の猫の名前は……ラクシュっていったかな」

「ふううううん」

い、嫌だ！　心から嫌だ！

マジか。幸恵。嘘だと言ってくれ。

私の幸せなプライベートに入ってこないでくれ。

仕事が終わって帰宅した。

今日は私の部屋で、柏木とモドキと私で夕食を食べることになっている。

私の作ったカレーと柏木の作ってくれたサラダを、私たちは食べる。

一人一品ずつ作って一緒に食べたら、二品になるんじゃね？　いろいろと楽なんじゃね？　という発想のもと、本日の夕食会が計画された。隣の猫友、便利だ。

その横で、モドキはカリカリに鰹節《かつおぶし》を掛けて、猫様スティックをデザートにしている。

ちょっと太り気味のモドキ。栄養バランスを考えて、猫用ドライフードのカリカリを取り入れてみたのだが、これが案外癖になる味と、気に入ってくれている。

そういえば、バイト先でもらったというマドレーヌも、柏木が持ってきてくれた。

ざわざわと心がざわめく。決心が揺らがぬ内に、確認しなければ。

「柏木君って、ケーキ屋さんでバイトしてる？」

昼間、幸恵が話していたことを柏木に聞いてみる。

ケーキ屋さんがある駅と、店名を伝える。

「ええ、しています。今年は実験の都合でほとんどシフトに入れていませんが、時々」

やっぱりか。ではやはり、幸恵の意中の男は柏木なのか……

どうしよう。

「会社の後輩の女の子が、獣医《じゅうい》のたまごだっていう学生のバイトに、ケーキ屋で親切にしてもらったみたいで……ラクシュという名前の猫を飼っているとかいないとか……」

なんとなく言葉を濁《にご》してしまう自分が辛い。

幸恵が柏木を気に入っているなんてことは、どうしても言いたくない。

柏木と幸恵の間を取り持つなんて、絶対嫌だ。

「ラクシュの名前まで合っているから、僕の可能性が高いですね……でも、誰だろう？　女性客が多いお店ですし、お客様には親切にするのが当たり前だから見当がつかないな。ラクシュの話をしたのは……三毛猫《みけねこ》を飼っている六十前後の女性、チワワを飼っている五十歳くらいの女性、コザクラインコを飼っている四十歳くらいの男性。あ、直接話してなくても、ラクシュのことをテンションアゲアゲで話していたら、周囲にいる人に聞こえているかもしれないですね」

「私の後輩だから、二十代半ばの女性だよ。てか、ペットとペアでしか覚えていないのか」

全くブレない柏木。柏木の全ての基準は、動物にあるのかもしれない。

「だって人気店ですし、お客様多いんですよ。それに、自分の興味のあることしか覚えられません。二十代半ばの女性は特に多い客層だし、よっぽどの特徴がなければ、分かりませんよ」

モグモグとカレーを頬張《ほおば》りながら、柏木はサラッと答える。

人間への興味は、極薄ということか。全部動物に注ぎ込んで残っていないのかも。

これは、幸恵は今のところ脈なしかもしれない。よかった。

「その方が本田さんの後輩なら、お店に来てくださったときに、ご挨拶《あいさつ》したほうがいいですか?」

「あ、いいや。そんなに仲がいい後輩ではないから。気にしないで」

「そうですか？」

柏木が不思議そうな顔でこちらを見ている。

私が何を言いたかったのか、いまいち分からないのだろう。

私だって分からない。でも、嫌なんだ。

モドキと柏木とまったり過ごす日々が崩れて、そこに幸恵が入ってくるのが。

嫌なんだ。柏木と幸恵が一緒にいるなんて。

もしもの話、柏木が幸恵とくっついたところで、モドキと柏木の関係は変化しないだろう。だが、私はどうすればよいのだろう。

私はどんな顔して、柏木と遊ぶモドキを見送って、幸せそうに柏木とモドキの話をする幸恵と働くの？

そんなの、私は、耐えられない。

「薫、しっかりせんか」

モドキがポフポフと背中を叩いてくる。

「何がよ」

モドキに何を叱られたのか、さっぱり分からない。

「分からないのならば、まあ、いい。いつか分かるときが来るさ」

モドキがしたり顔をする。

ムカつく。ほっぺをグニグニすると、モドキの顔が変顔になる。

「可愛《かわい》い。僕もやりたい。可愛《かわい》い」

モドキの変顔を見て、柏木のテンションが上がる。

「わ、柏木。力加減！　カリカリが、飯が口から出るうう」

モチモチラブリーなほっぺを思い切りフニフニされて、モドキが焦る。

うん。やっぱりモドキはちょっとだけダイエットしないと駄目《だめ》だろう。

ほっぺがモチモチすぎるのがいけないんだ。


カレーを食べて、片づけをして、モドキのリクエストでみんなでテレビを観る。

柏木がモドキを膝《ひざ》に乗せて、モドキの後頭部を幸せそうに吸っている。

モドキは、吸われ慣れてきて、柏木を全無視してテレビに集中している。

テレビの画面は、モドキの好きな時代劇、『成敗将軍』だ。

今日も将軍様は身分を隠して市井《しせい》にお出掛けし、町娘が襲われているのを助け、江戸の町の平和を守っている。

「モドキ、どの話も内容ほとんど一緒じゃない？」

録画された映像を観ている内に気づいてしまった。

登場人物の名前の違いはあれども、始まってから数分で町娘が襲われて、将軍様が助けに来るまでの流れは、ほぼ一緒だ。

「ようやくそれに気づいたか。まだまだだな」

フフン、とモドキが鼻で笑う。

「？　どういうことよ？」

「それに気づいた先にこそ、時代劇のよさがあるのだ。決められた型。その中にキラリと光る脚本家や役者の個性。無駄《むだ》を削ぎ落とし、洗練された美学が存在するのだ。将軍が発する『成敗』の一言も、毎回味わいが違うのだ」

モドキは雄弁《ゆうべん》に推しのよさを語る。

残念ながら私には全く分からないが、推しを想う熱意は分かる。

私も、愛《いと》しの推し様のことならば、何時間でも語っていられる。

モドキを吸って恍惚《こうこつ》としている柏木だって、『猫吸い』のよさをレポートにしろと言われたら、一冊の本にできるくらいの文量で提出してくるだろう。

「ああ、ほら、柏木！　来るぞ！」

モドキがテーブルをバンバン叩いて興奮する。

テレビの画面では、将軍様が見事な殺陣《たて》を披露しているところだ。

ググッと将軍様の表情がアップになる。

「『成敗！』」

モドキと柏木が、将軍様に合わせて叫ぶ。

何度やっているのだろう、これ。タイミングばっちりだ。

「今日も、素晴らしい『成敗』であった。柏木もうまくなった」

モドキが、柏木の頭をポフポフと撫《な》でて褒《ほ》める。

気持ちよさそうだ。肉球付きの前足で撫《な》でてもらえるのはいいな。

「私も撫《な》でてよ」

「なぜ薫を撫《な》でる？　これは『成敗』がうまくなった柏木への褒美《ほうび》だ」

「だって気持ちよさそうだし」

「めっちゃくちゃ気持ちいいです」

満面の笑みの柏木。

「羨《うらや》ましい……」

「ならば、薫も『成敗』を頑張って練習するのだな」

モドキはニヤリと笑う。

こいつ、時代劇を布教している。自らの推しのよさを周囲に広める。これが布教だ。

だが、私の推しは現在ティミー様一択。人の推し活を邪魔するつもりはないが、宗派を変える気はない。

猫の下僕《げぼく》として生きる柏木とは違う。

甘いなモドキ。私はそう簡単には猫もどきの言いなりにはならない。

でも……やっぱり肉球で頭ポフポフは、気持ちよさそうだ。

『成敗』って将軍様のセリフに合わせて言うくらいならいいのか……な？

猫の完全なる下僕《げぼく》である柏木は、今日も幸せそうにモドキを満喫《まんきつ》して、自分の部屋に帰っていった。

# 第三章　拾ったのは守りたいモノかもしれない

柏木とカレーを食べてから数日後。今日も柿崎と会社で昼食を食べている。

「なあ、信じられんことを相談されたんだが」

柿崎が私に打ち明けた話は、とんでもないことだった。

幸恵は柏木に相手にされていないようだし、私のプライベートに入ってくることはない。

さらに、幸恵は可愛《かわい》いものは好きだが、動物好きではない。

猫柄《ねこがら》のグッズやキャラは好きだけれど、猫毛は嫌い。動物ガチ勢の柏木とは相性が悪いだろう。心配することはない。

そう高を括《くく》っていたのだが、事態は思わぬ方向に急転してしまった。

柿崎の話によると、幸恵はずいぶんと柏木を気に入っているらしい。

今までの男性とは違う素っ気ない態度。全く自分が眼中に入っていないことが、逆に幸恵を燃え上がらせたのだという。

『彼、動物好きみたいだから、トイプーで気を引いてみます』

幸恵は柿崎にそう言ったらしい。

『は？　あんたやめなよ。生き物って世話大変だよ？　よっぽど動物好きでないとキツイって。ウンチもするし、噛むし、鳴くし。病気の世話をすることもあるんだよ？』

当然、柿崎は忠告した。

動物好きでもないくせに、そんな邪《よこしま》な理由で飼われるトイプードルが可哀想《かわいそう》だ。

『だから、その世話がうまくできないって、彼に泣きつくんです。彼、獣医《じゅうい》さんのたまごで動物好きでしょ？　きっと様子を見に、部屋まで来てくれると思うんです。そうすれば、こっちのものです。彼にお世話を任せて、定期的に来てもらう。部屋に来てもらう内に仲良くなればいいんですよ』

幸恵は言ったそうだ。

柏木なら部屋に行きそうだ。馬鹿な女に、知識もなく飼われるトイプードルを助けるために。

自分が面倒を見なければ、死んでしまうかもしれない動物がいる。

それなら無理をしてでも通うだろう。

柏木はあんなに猫好きなのに、大学の実験があるからと自分では飼わず、近所の猫で我慢している。それは、一人でお留守番して寂しい思いをする猫を思ってのことだ。

柏木の気を引くためだけに、トイプーを飼う？

ひどい計画だ。よくもそんな悪魔みたいなことを思いつく。

生き物はそんなことのために飼われるべきではない。

幸恵が柏木を誘うのは、バレンタイン当日。

店が忙しいときだから、柏木は恐らくシフトに入っている。

その日の仕事終わりに柏木を捕まえて、部屋に誘い込むのだそうだ。

「マジか……」

私は、頭を抱え込む。

最悪な計画。どうやって回避したらいいのか分からない。

幸恵がトイプードルを飼うのを阻止することはできない。

ペットショップは、金さえ払えば、幸恵にも犬を売ってしまう。

柏木にこの計画を話しても、そこに可哀想《かわいそう》なトイプードルがいると知れば、柏木は幸恵の部屋に行くだろう。優しい柏木は、可哀想《かわいそう》なトイプーの世話をするために、自分の生活を犠牲にするはずだ。

私がトイプードルを盗み出す……いやいや、それではこちらが犯罪者になって捕まってしまう。私が捕まれば、モドキが困る。

バレンタインデーまであと一週間……

どうやって計画をやめるように、幸恵を説得するか。

「もう、トイプーは購入したらしいよ」

柿崎の言葉は、私をさらに地獄に突き落とした。


仕事の後、家に帰った私はモドキに相談する。

「ねえ、もしかしたら私、同僚の犬を盗んで警察に捕まるかも」

私の言葉を聞いて、モドキがまん丸な目をさらに丸くする。

「なんだ？　物騒だな？」

私の話をモドキは静かに聞いてくれた。説明しながら、涙が止まらなくなる。

不憫《ふびん》なトイプードルと、幸恵に狙われている柏木。

それを見ていることしかできないなんて、辛い。

モドキが私の頭をポフポフと優しく撫《な》でてくれる。

「ずいぶんな女だな。生き物をなんだと思っているのか」

そう言って、モドキは考え込む。

「よし。薫、儂《わし》に任せておけ。儂《わし》がその女から、トイプードルと柏木という町娘たちを助け出し、『成敗』してやろう」

モドキはニヤリと笑った。

◇◇◇

幸恵が最悪の計画を決行するバレンタインの日。私とモドキはある場所を目指して走っていた。

「ほれ、速く。柏木が先に部屋に着いてしまう」

私の肩の上で、モドキが言う。肉球でポフポフと私の頭を叩きながら、偉そうだ。

ダイエットして少々痩《や》せたモドキだが、それでも重い。

今日はキャリーバッグと鮪《まぐろ》のぶつ切りも持っているから、余計に重く感じる。

「キャリーバッグがあるんだから、中に入ればいいのに」

「それでは、気分が出んだろうが。将軍はキャリーバッグの中に入らん」

なるほど、気分は将軍様。私は馬なのか。

作戦を決行するにあたり、モドキに言われたことはこの三つ。

キャリーバッグと鮪《まぐろ》のぶつ切りを用意すること、トイプードルを助け出せたら責任を持って私が飼うこと、幸恵の住所を調べること。

最初の二つはそれほど難しくないが、幸恵の住所を調べるのは難度が高かった。

家に招かれるほど仲良くもないので、こちらでなんとか住所を調べることにした。

柿崎に教えてもらった幸恵のＳＮＳには、マロンちゃんと名付けられた子犬の写真が上がっている。

怯えた表情の子犬。投稿された他の動画では、子犬が部屋の隅っこに逃げようとしているのを、幸恵が無理矢理捕まえて、キスをしている。

マロンちゃんはジタバタと暴れて、助けてとサインを出しているが、幸恵のフォロワーはそれには気づいていないようだった。

『可愛《かわい》いで画面が溢《あふ》れてる』『美人と子犬、最高です』なんて感想しかない。

どうしよう。しかし見て見ぬ振りをしては、この子の命が危ない。

幸恵の部屋の隅に飾られた水仙《すいせん》には毒がある。他にも映っていないだけで、危険なものが近くにあるかもしれないし、やっぱり幸恵がこの子を育てられるとは思えない。

結局、私はSNSの写真から、幸恵の自宅の大体の位置を割り出した。

幸恵のネットリテラシーが低く、自宅周辺の写真や、近くのカフェの店名をモザイクもなしで上げていてくれたおかげで助かった。

幸恵のマンションの近くに着くと、カラスが舞い降りてきた。

カアカアと何やらモドキに話をしている。

「なんて？」

モドキに聞いてみる。

『兄貴、子犬ちゃんはあの三階の部屋にいますぜ。兄貴に言われた通り、子犬ちゃんには、助けてやるから待っていろって、毎日言い聞かせました』

カラスはそう言っているらしい。

「あんた、いつ知り合いになったの？」

「薫、もう忘れたのか？　ほれ、カフェで鮪《まぐろ》のぶつ切りを食ったカラスがいただろう？」

ああ、いたなぁ。あのカラスか。

『飯をもらったのに、その恩を忘れるほど不義理ではございません。これで兄貴にご恩を返せます』

モドキがカラスの思いを翻訳してくれる。

あの鮪《まぐろ》のぶつ切り、私がお金を出したんだけれども。モドキが恵んだことになっているんだ。

「将軍の『成敗』には、忍者が必要であろう」

どや顔のモドキ。

確かにこのカラス、黒いから忍者と言えないこともないのだが、モドキの翻訳が悪いのか、悶っ引き感がすごい。

「じゃあ、薫。行ってくる。お前はそこの茂みで待っていろ」

カラスと仲良く鮪《まぐろ》のぶつ切りを堪能した後に、モドキは幸恵の部屋がある三階へスルスルと登っていった。さすが猫だ。

◇　◇　◇

僕——柏木優一《かしわぎゆういち》は、困っていた。

ケーキ屋のバイトの終わりに、常連客の女性に捕まってしまったのだ。

「一週間くらい前からトイプードルを飼い始めたんだけれど、全然懐《なつ》いてくれなくって。あなた、獣医《じゅうい》のたまごなんだよね？　飼い方、教えてくれない？　ちょっと様子を見に来てほしいんだけれど……」

そう言って、女性に動画を見せられる。

「ひどい……」

思わず声が漏れる。

部屋の中は、めちゃくちゃだ。人間が住むには問題ないが、ペットを飼うには問題点がいくつもある。

テーブルの上に置きっぱなしのヘアゴム。低いソファーからジャンプすれば、子犬でも簡単にテーブルの上に乗れそうだ。誤飲《ごいん》したら大変なことになる。ヘアゴムが小さな子犬の腸に詰まれば、腸閉塞《ちょうへいそく》という病気になる可能性がある。

さらに部屋の隅に置かれた水仙《すいせん》。これは毒がある植物で、子犬が誤って食べてしまえば、一瞬で命取りになる。

「こんなの駄目《だめ》ですよ。ええっとですね……」

「言われても分からないから。一回家に来て、全部教えて！」

目の前の女性は、話を聞こうとしない。

仕方ない。この後はモドキちゃんと本田さんを訪ねようと思っていたのだが、それは諦《あきら》めよう。子犬のためだ。

女性の部屋に到着する。玄関に漂《ただよ》う甘い香水の匂い。

嗅覚が優れた犬には、この匂いは辛いはずだ。暖房をつけていない寒い部屋。

小さなトイプードルでは、真冬の寒さで体調を崩してしまう。

「あ、ほら、あの段ボールに入れているの」

女性が指さす方向には、大きめの段ボール箱。ケージじゃないんだ。

中から、子犬の鳴き声がする。

段ボール箱を開けると、怯えた子犬がペット用シーツの上で震えていた。

「ごめんな。びっくりしたよね」

声を掛けて、手を出すのは控《ひか》える。

触られることを怖がっているこの子には、それが正解だ。

モドキちゃんがいれば、この子に大丈夫だと伝えてあげられるのに。

「飲み物用意するね。コーヒーでいい？」

機嫌のよさそうな女性が、エアコンをつけて、コーヒーの用意をし始める。

「この子、お腹が空《す》いているようなので、ご飯をあげたいんですけど……それと、お水も替えていいですか？」

「ごはん……ソーセージとかあげてたんだけど、それでいいよね？」

「駄目《だめ》です。塩分が多いので人間用のものではなく、ちゃんとペット用のをあげてください」

そう言いながら、水が入っていた容器を洗って、新鮮な水に替える。

この家にペット用の食べ物はないのか？

仕方ない、モドキちゃん用に買っていた猫様スティックなら大丈夫だろう。

自分の鞄から猫様スティックを取り出して、子犬の皿に入れる。

子犬がガツガツとそれを食べ始めた。この子、痩《や》せているな。

彼女は一週間前から飼い始めたと言っていた。

たった数日でここまで痩せて、怯えてしまうようになるなんて、どんな飼い方をしていたんだろう。ゾッとする。

「あのですね。ネットの動画とかでいいので、一度ちゃんと飼い方の基本を……どうしました？」

女性がくっついてくる。

コートの下は、思った以上に露出の多い服装だった。

体が触れただけでセクハラと言われてしまいそうなので、両手を上げて意思表示する。

「これからも一緒に、お世話をして？　お願い。私じゃ分からないの」

上目遣いでそう言われる。

これは……この部屋に通えということだろうか？

少し前から、この女性客からの視線を感じていた。

そういえば、僕が動物を飼っているお客様と話していたら、会話に横入りしてきたこともあったな。

もしかして、僕を自分の部屋に呼び込むために、犬を飼い始めたとか？

いや、まさか……でも、どうしよう。

断ったら犬がどうなるか。用済みで捨てられるとか、見殺しにされるとか……

本当にどうしよう。

迷っていると、ベランダから大きな物音がした。バンバンと窓を激しく叩く音。

「なんでしょう。様子を見てきますね」

女性から一旦逃れられる言い訳を見つけて、ホッとしながらベランダに向かう。

窓を開けると、ベランダの陰にモドキちゃんがいた。

「あれ？　なんで？」

「静かに。儂《わし》は通りすがりの風来坊《ふうらいぼう》だ。助けてやるから、窓を開けて少し下がっていろ」

モドキちゃんにそう言われて、窓を開けたまま後ろに下がる。

「どうしたの？　何かあった？」

「なんでもないようですよ。風かなあ？」

女性の質問を受けながした瞬間――

大きなカラスが部屋の中に飛び込んできた。

「きゃあああああ」

女性が悲鳴を上げて、キッチンの陰に一人隠れる。

モドキちゃんも乱入して、部屋中を荒らす。

「何、この猫。それ、私のバッグ！」

女性が慌《あわ》てて、モドキちゃんからバッグを取り戻そうとしている。

「野良猫《のらねこ》ですかね。こんなところまで勝手に入ってきちゃったみたいです」

僕は知らんぷりして、内心愉快な気持ちでその様子を見守る。

嘘は苦手だから言葉が棒読みになってしまうが、まあ仕方ない。

バッグに大きな傷がついて、女性が焦っている。

モドキちゃん、それ、ブランドバッグ。めちゃ高いんだよ……

派手に走り回るモドキちゃんは、次は部屋の家具を狙う。

家具を守ろうと、女性も必死だ。

モドキちゃんが彼女の気を逸らしている内に、カラスが小犬の首根っこをくわえて、飛び去ってしまった。

「あ、マロンちゃん」

傷だらけのバッグを握りしめている女性が、小犬が連れ去られたことに気づいた。

「あぁ、あれは巣に持って帰るつもりですよ。可哀想《かわいそう》ですけれど、あの子犬はもう連れ戻せないなあ」

僕の苦しすぎる大嘘をまんまと信じ込んだ女性は、モドキちゃんに怒《いか》りを向ける。

「このクソ猫。どうしてくれるのよ！　バッグも家具もめちゃくちゃじゃない！」

怒るとこそこなんだ……子犬の心配はしないのかな。

女性がモドキちゃんを引《ひ》っ叩《ぱた》く。

モドキちゃんの小さい体は、ふっとんで壁にぶつかる。

それでも彼女の怒《いか》りは収まらない。

手に持ったスティックタイプの掃除機で、さらにモドキちゃんを殴りつけようとする。

だが、彼女の攻撃はモドキちゃんには届かない。

代わりに、モドキちゃんを庇《かば》った僕の背中に、思い切り掃除機が当たった。

我に返った女性が戸惑《とまど》った表情で立ち尽くす。

「僕はどんな事情があろうとも、こんな風に掃除機で小さな動物を殴りつけようとする人は、大嫌いです！　帰ります！」

子犬がいないなら、この部屋にいる意味はない。

僕はモドキちゃんを抱き上げて、さっさと女性の部屋を後にした。

「柏木、しまった。一生の不覚だ」

「え、どうしたの？」

「……『成敗』言いそびれた……」

はあ、と僕の肩の上で、モドキちゃんがため息をつく。

◇　◇　◇

モドキがマンションの三階に登ってからしばらく経った頃、幸恵の部屋から悲鳴が聞こえてきた。何が起こっているのだろう？

私が部屋を見つめていると、岡っ引きカラスが何かを咥えてバサバサと音を立てながら外に飛び出してきた。

「トイプーちゃんだ」

カラスはワタワタと慌《あわ》てる私のところに、トイプードルの子犬を届けた後、満足げな表情で電柱に止まっている。キャリーバッグに子犬を入れてさらに待っていると、マンションからモドキを抱っこした柏木が出てくる。

「薫！　マロンは無事か？」

モドキが私を見つけて手を振る。

「大丈夫。今、ここにいる」

私は、キャリーバッグをモドキに見せる。

キャリーバッグの中のマロンは、モドキを見つけて嬉しそうにシッポを振っている。

「ふむ。よかった。安心しろ、マロン。この者たちは、儂《わし》の手下だ」

モドキがマロンに私たちを紹介する。

手下なんだ。初めて知った。もっと言い方があるだろう？　仲間とか、家族とか。

「ふふ。さっきとは、表情が違いますね。すっかり安心してくれています」

柏木がキャリーバッグの中のマロンに指を伸ばすと、マロンがペロペロと舐《な》める。

柏木は嬉しそうに目を細める。

「カア」

電柱の上のカラスがモドキに挨拶《あいさつ》する。

「ああ。ありがとう。世話になったな」

モドキが手を振ると、カラスは誇らしげに羽ばたいて、どこかに飛び去ってしまった。

私たちも家路につく。

家に着くまでの間、幸恵の策略と、モドキが救出する計画を練ってくれたことを、柏木に説明する。

「そうだったんですね。ありがとうございます。おかげで助かりました」

柏木は自分の肩の上のモドキを撫《な》でながら、お礼を言う。

「それにしても、事前に言ってくれればよかったのに。マロンちゃんを助けるために、彼女の部屋に通わなければならないのかと、すごく悩みました」

「柏木は正直者だから演技力がなかろう？　それでは、マロンを助け出せん」

フフンとモドキが笑う。

「いいなぁ……やっぱり」

「何？　どうしたの？」

柏木のつぶやきに思わずそう尋ねる。何がいいのだろう。

「本田さんの側にいると、モドキちゃんが生き生きしているというか、楽しそうというか」

それは、完全にモドキに私が舐《な》められているということではないだろうか？

「そうかなぁ」

「そうですよ。それって、本田さんが優しいから。どんな相手でも尊重しているからだと思います」

なんだか照れる。こんな風に内面を褒《ほ》めてもらえたのって、いつぶりだろう。

正樹は付き合っているときに、一体何度褒《ほ》めてくれたっけ？

「あ……そうだ。これ」

柏木が、綺麗な包装紙でラッピングされたものを鞄の中から取り出して、私に渡す。

中身はマロングラッセ。

店の売れ残り……？　それにしては、綺麗《きれい》な包装。

「できれば今日お渡ししたくて。間に合ってよかったです」

そう柏木が言う。

今日……ああ、バレンタインデーだった。

えっと、お世話になっている人に配る義理チョコ的な？

勝手に特別な意味を汲み取ってしまっては、柏木に失礼になるだろう。

どうリアクションすべきか迷って柏木を見ると、彼は真っ赤な顔をして、こちらを見ている。

「えっとですね。マロングラッセって、アレキサンダー大王が奥様に贈ったという説話がありまして。その……男性が、一番好きな人に贈るものだと、お店の人に教えてもらいまして……ちょっと重いですよね。ごめんなさい」

消え入りそうな柏木の声。

意味が、意味がうまく理解できない。

え、そういう意味ってこと？　勘違いじゃないよね？

ドキドキしてうまく考えがまとまらない。返事をしないといけないのに。

「ほれ、しっかりせんか、薫。情けないぞ。お前のほうが年上のくせに」

黙《だま》り込《こ》む私をモドキがせっつく。年上は余計だろ。この猫は、本当に一言多い。

キャリーバッグの中のマロンまで、キャンキャンと何やら言っている。

「モドキ、うるさい。ちょっと黙《だま》って。考えているんだから」

そう。考えねば。考える……何を考えるんだっけ？

「悩ませてごめんなさい。もし、よかったら、僕とお付き合いしていただけませんか？　駄目《だめ》なら……きっぱり諦《あきら》めます。ちゃんと友達として接します。今まで通りで大丈夫ですので」

諦《あきら》めるんだ。友達なんだ。え、いいの？　それで？

ええっと、分かっている。

優しい柏木は、逃げ道を作ってくれているんだ。

断りやすいように、言葉を選んでくれている。

本当に優しい人なんだ。

正樹には散々な目に遭わされたけど、今度こそ信じていいのだろうか？

柏木なら、優しい柏木なら、信じてもいい？

「私でいいのならば、付き合ってみましょうか……？」

「はい」

おずおずと答える私を見て、柏木が嬉しそうに返事をしてくれた。

◇　◇　◇

バレンタインデーの翌週の日曜日。

今朝はとんでもなく陽気な音楽が私の部屋に流れている。

これはモドキが最近見つけて気に入っている、『成敗将軍』の役者さんが歌う楽曲だ。

ヘビーローテーションで流される、ラテン調の明るいリズムの曲。

音楽に合わせて、コタツの天板の上で踊るモドキと、一緒に踊ろうとピョコピョコとジャンプするマロン。

可愛《かわい》い。可愛《かわい》いのだが、ヘビロテと日曜の朝からこのテンションにはついていけない。

「モドキ……一旦落ち着こうか……」

「おお。薫。起きたか。どれ、共に舞うか？」

「いい。やらない。舞わないから」

「何を言うか。舞を見るということは、もはやともに舞っているも同然なのだ。かつて、風姿花伝で世阿弥は申した。舞とは観客と共にあり、見る者と見られる者が一体となった時に初めて舞は……」

テンションアゲアゲだな、モドキ。モドキの減らず口は朝から絶好調だ。

「ううう……朝から胃もたれする……」

眠い目を擦りながら、台所で水を飲む。

スマホを見ると、数時間前に柏木から『いってきます。今日も、大学で実験です』と連絡が入っている。

『いってらっしゃい。頑張ってね。今日は家でマロンとモドキと遊ぶ』と返す。

付き合い始めたからといって、柏木と私の関係は急には変わらない。

時々一緒にご飯を食べて、モドキと遊んでもらって、話して、付き合う前と同じようなことしかしていない。

だけれども、同じことをしていても、気持ち的には何か違う。

ポッカリ空《あ》いていた心の空洞が、徐々に温かいもので埋められていく感覚がある。

『いってらっしゃい』『おかえり』『今日何食べた?』『早く会いたいです』『ただい

ま』そんな小さな灯火《ともしび》のような会話が、ポツポツと私の心を灯してくれる。

「本当に、彼氏なんだ」

私がスマホを見てニヤニヤしていると、モドキがじっとこちらを見ている。

「何？」

「いや、なんでもない？」

「キャンキャン」

「これ、マロン。それは言いすぎであろう。確かにそうだと思うのだが」

「何よ……」

私の問い掛けに、マロンとモドキが顔を見合わせる。

「薫、もっとこう、彼女らしくしないと、即フラれるのでは……とマロンが」

「え……」

モドキの言葉に、ドキリとする。

柏木はそんなの気にしないはずだ。はずだけれども、モドキの言っていることも一理ある。

「柏木の部屋着のほうが可愛《かわい》いし、柏木のほうが女子力が高い……とマロンが」

確かにそうだ。モフモフ猫ちゃんスリッパと猫耳パーカーを愛用している柏木。

そして柏木のほうが、可愛《かわい》い部屋着が似合う……彼はお菓子も作れる……

「ちょっと、薫はオヤジっぽい……と、マロンが」

「晩酌《ばんしゃく》して酔っぱらってガーガー寝ているのは、ちょっと……と、マロンが」

「もっと猫様スティックの量を増やすとか、そういうところから女子力が生まれるはずだ……と、マロンが」

「たまには、刺身なんかをエクセレントな猫やロイヤルなワンコにあげるのも、女子力高いよね……と、マロンが」

なんだかおかしい。あからさまな情報操作を感じる。

「おい、待て。モドキ。それは、本当に全部マロンが言っているの？」

私の問い掛けに、モドキはさっと目を逸らす。

モドキめ。マロンのせいにして、好き放題言いやがって。

女子力うんぬんの話は一旦置いておいて、私はモドキに相談したいことがあった。

「ねえ。柏木君、何が好きだと思う？」

スマホで検索しながら、モドキに聞く。

「儂《わし》」

モドキが即答する。

いや、それは知っているけれども。そうじゃなくて。

「あと、マロン」

モドキがそう言うと、マロンが『当然でしょ?』という顔で、モドキの隣ですましている。

トイプーの子犬、可愛《かわい》いなあ。こんちくしょう。

すっかり元気になったマロン。モドキとも仲良くやっている。

言葉が通じるだけあって、モドキの躾《しつけ》は素晴らしく、すごく助かっている。

マロンはモドキにすっかり懐《なつ》いていて、モドキをお兄様と呼んでいるらしい。

妹分として、モドキもマロンを可愛《かわい》がっている。

「バレンタインデーに、柏木君にマロングラッセもらったでしょ? だから、お返ししたいのよ」

「フム。何か手作りで菓子を作ればどうだ? 味が微妙でも、薫が頑張って作ったものなら、柏木は喜ぶであろう?」

「無理。作れない。このコンビニのお弁当容器の山と、お手軽レンチン料理たちを見て」

台所には、企業努力の結晶が並んでいる。

この素晴らしい企業努力のおかげで、私のような料理リテラシーの低い人間も、一人で生活ができるのだ。企業のみなさまには、感謝しかない。

「市販品の菓子でも買うか……チョコとか」

「愚か者。チョコなんて危険な食べ物、儂《わし》とマロンがいるのに、柏木が好むわけがなかろう？」

「そうかな……？」

じゃあなんだろう。アレキサンダー大王なんて大物が背後に鎮座するマロングラッセを出されてしまっては、何を返せばいいのか分からなくなる。

アレキサンダー大王には誰が勝てるのだろう？　あの人、常勝無敗の大王ではなかったか？

「ん？　まあ、そうだな」

モドキがマロンと何か話している。

「何？」

「マロンが、三倍返しがいいのではないかと」

「さ、三倍？」

男性が女性にホワイトデーのお返しをするときには、三倍返しなんてことを聞いたことがある。だが、女性が返すときもそうなのか？

待て、男だから女だからと考えるのはよくない。

アレキサンダー大王の三倍。それは、もう世界地図を塗り替えて、世界征服をしてしまいそうだ。ナポレオンを連れてくるか、諸葛孔明《しょかつこうめい》を連れてくるか、信長《のぶなが》を連れてくるか……


自分で答えを出すのは無理そうだったので、素直に柏木に相談してみる。

『考えてくれるだけで嬉しいです。なんでもいいです』

予想通りの答えが返ってくる。

だよね。柏木ならそう言うと思った。でも、それじゃあ困るんだ。どうしよう。

三月は私の仕事が忙しくて時間を作れないから、二人でどこかに出掛けるのも難しい。お菓子はスキルがないから作れない。

私はモドキとマロンを見て、一つの考えが浮かんだ。

◇◇◇

三月十四日。ホワイトデー当日。

今日も僕は研究室にこもっている。

生きている動物が相手なので、メンバーと入れ替わりで観察や世話を続けるのは、仕方ないこと。それが嫌なら、獣医学生《じゅういがくせい》なんてやっていられない。

常連の女性客（松本幸恵という方で、薫さんの後輩らしい）に襲われてから、怖くてバイトはやめた。

どうせ六年になれば、院試と卒論、国家試験の勉強で、今以上に忙しくなってバイトどころではなくなる。

バイトは辞めたから少しは時間を作れるようになったのだが、せっかく付き合い出したというのに、ほとんど会えていないのは、本田さんに申し訳ないと思う。

やっと研究が一段落し、家に帰る。

自分の部屋の明かりをつけて、テーブルの上に何か大きな包みが置いてあることに気づいた。

「なんだろう？」

開けてみると、毛布が一枚入っている。

こ、これは……

最近とある企業で開発された、猫の手触りを再現したという毛布。

開発者が猫好きであるにもかかわらず、猫を飼えないという苦しみから生み出された商品。

モフモフの触感に感動する。開発者の猫愛が、これでもかと伝わってくる。

添えられたメッセージカードは、薫さんからだ。

『お疲れ様です。バレンタインデーのお返しです』と書かれている。

メッセージカードの下に、ＱＲコードが付いている。

スマホをかざしてみると、動画が流れ始めた。

明るいラテン系のリズム。以前に流行《はや》ったその曲は、僕も聞いたことがある。

か、可愛《かわい》い……

曲に合わせてサンバを歌って踊るモドキちゃんとマロンちゃん。モフモフの体を楽しげに揺らしている。

毛布を抱きしめながら動画を見ると、ここにモドキちゃんたちがいるような錯覚に陥る。

最高だ。毛布にスリスリとしながら、僕は動画を堪能した。

◇◇◇

ホワイトデーの翌朝。

起床した私は柏木からのメッセージを確認する。

『ホワイトデーのお返し、ありがとうございます。動画も毛布も最高にモフモフでした』

満足そうに毛布に埋もれる写真付きのメッセージ。

よかった。喜んでもらえたようだ。

「喜んでいるようだな。まあ、儂《わし》とマロンの完璧《かんぺき》な舞を見て、柏木が喜ばないわけない」

　モドキが偉そうに言う。

「しかし、あれだな」

「何よ」

「三倍、サンバイ、サンバ……という発想は如何《いかが》なものかと」

「だって、思い浮かばなかったんだもの」

　そう、三倍返しなんて言われても困る。

　ダジャレで思いついた案だが、喜んでもらえたのなら結果オーライだ。

　マロンがこちらを見ている。

「マロンが……」

　モドキがマロンの言葉を翻訳しようとする。

「発想がオヤジ臭いと言いたいんでしょ？」

　あのクリクリお目々からして、そう言っているようにしか思えない。

「なんじゃ、薫もずいぶん動物の言っていることが分かるようになってきたな」

正解だったらしい。

◇　◇　◇

ホワイトデーからしばらく経って、ようやく一緒に出かけられる時間ができたので、モドキとマロンと柏木と公園にお花見に行く。

犬用と猫用のおやつ、マロンとモドキの水、モドキと私用のビール、柏木用の炭酸飲料。卵サンドにお肉屋さんの揚《あ》げたて唐揚《からあ》げ、柏木が作ってくれたマカロン。

スズメから教えてもらったパン屋で購入した卵サンドは、中に分厚くて甘い卵焼きが挟《はさ》まっていて美味《おい》しい。

芝生の上に敷いたシートに美味《おい》しいものをたくさん広げて、みんなでまったりと過ごしていた。

「美味《おい》しいですね」

柏木が卵サンドを食べながら言う。

柏木の膝《ひざ》には、マロンが行儀よく座っている。

マロンは柏木を気に入っているようで、柏木がいるときにはちょっと行儀よくなる。

モドキを膝《ひざ》に乗せて、私はモドキとビールを飲む。

もちろん、モドキのビールはお猪口《ちょこ》一杯だけ。それが私とモドキの約束だ。

「美味《うま》いなあ〜」

モドキがビールを飲んで幸せそうな笑顔になる。

「外で飲むと味が違うよね」

私も返す。

すると、マロンがジトッとした目で私を見る。

……おっさん臭いと言わんばかりだ。

「いいなあ、ビール。僕も飲めればいいんですけど。体質的にアルコールはどうも駄《だ》目《め》なんです」

柏木がビールを飲む私とモドキを見ながら、そう言う。

「そうなんだ」

「はい。だから、せめてもの炭酸です。ちょっとはビールを飲んでる気分になれるでしょ？」

「なるほど」

のど越しは確かに味わえるかも？

柏木が作ってくれたマカロンを一つ食べてみる。

焼いたメレンゲに、苺やあんずのジャムが挟《はさ》んであるそれは、さっくりとした生地と甘いジャムのトロッとした舌触りが絶妙だった。

生地には、アーモンドプードルが混ぜてあるのだという。

「これ、美味《おい》しい」

私が褒《ほ》めると、柏木が嬉しそうに目を細める。

「こうやって、自分が作ったものを本田さんに褒《ほ》めてもらえるのっていいですね」

そう言いながら、柏木の目が泳ぐ。どうしたのだろう。

「えっと、薫さんって呼んでいいですか？」

どうやら、私の呼び名がいつまでも本田さんなことに、ちょっとひっかかっていたようだ。

「あ、そうだね……どうぞ。では、私も優一さんって呼ぶ？」

柏木が私を薫さんと呼ぶなら、私も柏木君ではおかしいだろう。

「薫さん」

「優一さん」

呼んでみると、相当気恥ずかしい。まともに顔が見られない。

私、二十九歳だぞ？　二十代の終わりに、こんな初々しい恋愛。

こんなの柄《がら》じゃないと思っていたのに。

「桜が綺麗《きれい》じゃな。マロン」

「ワン」

俯いて顔を上げられない私たちの代わりに、モドキとマロンが風に吹かれて舞う桜吹雪を堪能してくれていた。

◇　◇　◇

公園デートでほんの少しだけ進展した私たち。

その後はまた、楽しくまったりとした日々を過ごしている。

お花見から数週間経って、モドキとマロン、柏木と私で、お家でのんびり過ごしていたときだった。

「今度のゴールデンウィークに、うちの実家に来ませんか?」

彼氏の実家……なかなかハードルの高いワードが柏木の口から飛び出した。

そんなこと、七年付き合った正樹とは一度もなかった。

まさか付き合って二ヶ月程度の柏木からそんな言葉が出てくるなんて。

「彼女の飼っている猫のモドキちゃんとトイプーのマロンちゃんが可愛《かわい》いと、両親に話したんです。そしたら、会いたいと迫られまして……」

おっと、これは私が主役ではない。柏木の両親の目的は、モドキとマロンだ。

両親は柏木以上に猫ガチ勢なのだと聞いている。そんなガチ勢からしたら、私が毎日味わっている二匹のモフモフは、たまらないのだろう。

犬と猫のコンビを愛《め》でたいという気持ちは、分からなくはない。

多頭飼いは、それぞれの動物の性格が大きく影響する。

仲良くできない性格の子同士で飼うのは、不幸しか呼ばない。

犬と猫。この組み合わせで仲良くしてもらうには普通は技術と努力が必要だ。

他の生き物の言葉が分かる、猫もどきのモドキだからこそ、こんなにスムーズにマロンとも仲良くなれたのだろう。

「もちろん、モドキちゃんが話せることは秘密にしています。長毛種の猫とトイプーの組み合わせを味わいたいという両親の圧がすごくて、一度、薫さんにお伺いを立ててほしいと懇願《こんがん》されました」

ラクシュという長毛種の猫の下僕《げぼく》生活を送っているご両親。

長毛種の猫は大好物なのだろう。

どうしよう。柏木の実家には興味がある。

だけれども、まだ付き合って二ヶ月程度。

それで両親に紹介してもらうなんて、ほら、ちょっとハードルが高すぎる気が。

でも、両親に紹介してもいいって思うくらいに、柏木が私のことを前向きに考えてくれていることは嬉しい。嬉しいけれども、心の準備が……

「ということは、モドキとマロンも一緒ってことだよね？　モドキどうする？」

判断に困った私は、結論をモドキにゆだねてみる。

モドキは面倒くさそうに顔を歪《ゆが》めた。

「別の猫のテリトリーに足を踏み入れるのは、城を攻めるのと同じことだ。なぜそのようなことをこの儂《わし》が……」

はあ、とモドキがため息をつく。

マロンの頭をモドキが撫《な》で、マロンはピコピコとシッポを振っている。

マロンは『お兄様さえよければ構いませんよ』と言っていそうだ。

「あ、この間の贈答用《ぞうとうよう》の最高級猫様スティック。あれは、両親からもらったものです。今回もそれを用意して待っているそうです」

柏木の言葉に、モドキの髭《ひげ》がピクリと揺れる。

「北の海峡荒くれ鮪スペシャル？」

「はい」

「京都幻のカニデラックス？」

「そうです」

「竹阪牛エクセレント？」

「ええ。その三本デラックスセットです」

モドキの問い掛けに柏木が答える。

以前柏木にもらったときに、モドキは目を輝かせて食べていた。

そう簡単には手に入らない最高級の猫様スティック。この機を逃せば、次はいつ手に入るか分からない。

「くっそう。足元を見おって！　期は熟した。薫。城攻めだ。城攻めの準備をいたせ！」

モドキは決意を固く、戦国武将のようにそう言い放った。


城攻めの準備と言っても、やることは少ない。だって兵糧《ひょうろう》も武器もいらない。必要なのは、ちょっとした手土産《てみやげ》とそれなりの服だけだろう。

今回は、モドキとマロンも連れていくから、キャリーバッグや水なんかも必要だろうが、それだけだ。

私はそう思っていたのだが、モドキは違ったようだ。

「薫。いいか、まず敵の弱点を知らねば勝利はない。かの名軍師、孫子《そんし》は言った。己を知り敵を知らねば、勝機はないのだと！」

モドキが高らかに宣言する。

彼氏の両親に会うのにどうして孫子《そんし》の兵法がいる？　いや、いらんだろう？

「柏木、そなたは儂《わし》らの斥候《せっこう》じゃ。どのような家なのかを説明せい」

「え。普通の家だと思うのですが……そうですね。ラクシュを大事にしていますので、ラクシュをいじめるようなことは厳禁です。あと、玉ねぎ、ネギ、チョコレートみたいな、ちょっとでも動物の口に入れれば危険なものを持ち込んだら出禁です」

「出禁……」

これは聞いておいてよかったかもしれない。

うっかりチョコレートの手土産《てみやげ》なんて持っていったら、最悪だった。

「ふむ。では、城主は柏木の両親ではないな。ラクシュこそが城主。ラクシュを懐《かい》柔《じゅう》することが、今回の城攻めの肝だ」

モドキが腕を組んで考える。

「柏木よ。ラクシュとは、どのような猫だ」

「めちゃくちゃ可愛《かわい》いです」

「お前が可愛《かわい》くないと思う猫がいるなら、会ってみたいわ。そうではない。もっと具体的に」

「長毛、白い毛並み……」

黒い服は避けたほうがよさそうだな。きっと部屋のいろいろなところに毛がついているだろう。なるほど、事前に得る情報は役に立つ。

「攻撃的ではないですが、フレンドリーでもないです。来客時は、知らない人の気配を察して二階に行きます。興味を持ったときだけフラッと姿を現して、高いところからジッと観察していますね。気に入れば近づいてきます」

典型的お猫様体質。

ラクシュ様。私を気に入ってくれるだろうか？

猫と犬を連れていたら、敵とみなされてしまいそうで怖い。

「気に入らねば？」

モドキが尋ねる。そう、それが問題。

ラクシュを溺愛しているというご両親。ラクシュに気に入ってもらえなかった可哀《かわい》想《そう》な客は、どうなってしまうのだろう。

「ラクシュは、早く帰るようにそれとなく態度で示します。両親はそれを察したら、早めに切り上げて、お客様を帰してしまいます」

おう……大丈夫なのか？　それ……

「まあ、家に来るお客様はみんな心得ているので、トラブルにはなっていませんが」

にこやかになんでもないことのように柏木は言うが、私にとっては大問題だ。

危なかった。聞いておいてよかった。

「ふむ。ラクシュ、侮《あなど》れんな」

私たちが話している間に寝てしまったマロンを撫《な》でながら、モドキはラクシュという強敵に対し、やる気満々になっていた。

◇　◇　◇

柏木の家に行く当日。

私はベージュと茶色の綺麗《きれい》なパンツコーデを選んだ。

参考にしたのは、朝のニュースに出ている女子アナ。

コーディネートなんてさっぱり分からない。

真面目なニュースを読む女子アナスタイルなら、彼氏の両親に会ってお話しするのに間違いはないだろうと判断して、参考にした。

同じ服は高すぎて買えないけれども、似たような服を探して購入した。

手土産《てみやげ》は、あのペット同伴カフェのテイクアウトセット。

ラクシュ用の小エビのペーストが真空パックに入っていて、それに人間用のクッキーもついているのが嬉しい。

「薫さん、今日の姿も、いつもの雰囲気とはまた違って素敵です」

柏木がそう褒《ほ》めてくれた。

いつもだらけた恰好しかしていないけれども、こんな風に褒《ほ》めてくれるなら、もうちょっと洋服に気を遣おうかな、なんて気になってくる。


柏木の家は、私たちの住んでいるマンションの最寄り駅から、電車で二駅ほどのところにあった。

今回はタクシーに乗ってここまで来た。タクシーの中で出すわけにはいかないから、マロンもモドキもキャリーバッグの中にいる。

「ご両親も獣医《じゅうい》なの？」

私は柏木に尋ねる。

「いいえ。両親は動物とは関係ない仕事をしています。最近はリモートで家にいることも多いですが、僕が小さい頃は、両親があまり家にいなかったので、ラクシュや祖母と一緒に過ごすことが多かったです」

私の質問に、柏木がそう返す。

「そうなんだ。今日はお婆様《ばあさま》もいるの？」

「いいえ。祖母は別の家に住んでいますし、今日はいないはずです」

「そうなんだ」

柏木の祖母。小さい頃の柏木の面倒をよく見ていたのならば、会ってみたくはある。

「祖母は自分にも人にもすごく厳しい人で、よく叱られました」

にこやかに柏木は言う。

あ、無理かも。そんなラスボスと対面するのは、もっとレベルが上がってからのほうがよさそうだ。

まだ付き合い始めて三ヶ月程度。レベル１の私では、一撃で粉みじんだ。

「薫、堂々とせんか。誰に会おうとも、一本、芯が通っておれば大丈夫だ」

不安を感じる私の心情を悟って、モドキがキャリーバッグの中から小声で叱咤《しった》する。

そんなこと言われても、だって、やっぱり柏木の家族には、できれば嫌われたくない。

「祖母は獣医《じゅうい》なんです。僕が獣医《じゅうい》に憧れたのも、祖母の影響です」

「ひえっ」

付け足された柏木の言葉を聞いて、獣医《じゅうい》が苦手なモドキがキャリーバッグの中で震える。

一緒のキャリーバッグに入っているマロンが、モドキをペロペロと舐《な》めながら励ましている。

「大丈夫です、薫さん。両親が薫さんに失礼なことを言えば、僕が守ります」

そう言って、柏木が緊張する私の手を握ってくれる。

どちらかと言えば、草食系男子の柏木。

普段は私に気を遣って、こちらから襲ってしまおうかと思うくらいに接触が少ないから、こんな風に柏木から手を握ってくれるのは嬉しい。

照れながらも私が握り返すと、キュッと柏木が強く握ってくれる。

「儂《わし》も守ってくれ……」

モドキが、キャリーバッグからそんなことを言っている。

柏木の家は、駅から少し離れたところにある二階建ての一軒家だった。

なんの変哲もない家。平均的な家。

インターフォンの前で、私は躊躇《ちゅうちょ》する。

「どうした？　儂《わし》が押そうか？」

タクシーを降りてから、柏木の肩の上に移動したモドキが聞いてくる。

「いいから。私が私のタイミングで押すから。勝手に押さないでよ」

深呼吸する。緊張を少しでも緩和してから、家の中に入りたい。

「いつまでこうやっているつもりだ」

モドキのモフモフな手が、インターフォンに伸びる。

「待ってよ。押さないでったら」

「しかし……」

「押すなって言って……あ！」

モドキは、勝手にインターフォンを押してしまった。

『はい』

インターフォンから、女性の声がする。優しそうな柏木の母の声。

「あ、僕です。薫さんを連れてきました」

柏木が答える。

「あ、あの、初めまして。本田薫です」

上《うわ》ずった声で、私も答える。

『どうぞ』という声がして、柏木に手を引かれて玄関前に移動する。

モドキめ。おかげで初っ端の挨拶《あいさつ》がグダグダになってしまった。

私はキッとモドキを睨《にら》む。

「なんじゃ？　三回押すなと言えば、押せという意味なのだろう？」

モドキはシレッと返してくる。

いや、そうだろうけれども。今回は違うんだ。

キャリーバッグに入れておけばよかった。

玄関のドアを開けて中に入ると、にこやかな柏木の両親が、揃って出迎えてくれている。

お二人は灰色と青の服。やはり白い長毛種猫を愛《め》でる家では、黒は避けるのだろう。家具も明るい色のものが多く、黒は見当たらない。

「初めまして」

改めて挨拶《あいさつ》をする私を、「いらっしゃい」とご両親が歓迎してくれる。

まず私と話してくれているが、ご両親の目は、柏木の肩に乗るモドキに釘付《くぎづ》けだ。目が輝いている。

「優一、その子がモドキ君？　肩に乗ってくれるの？」

我慢できなかったようで、柏木の父がモドキを見ながら、柏木に聞く。

「ええ。賢《かしこ》い子《こ》なので。僕の肩にも乗ってくれます」

「どんな感じなんだ？」

「首回りがモフモフして、四つの肉球が同時に肩を押してくれます。癒されます」

「羨《うらや》ましい。最高じゃないか」

「モドキ」

そわそわしている柏木の父の様子を見て、私は声を掛ける。

モドキは一瞬面倒くさそうな顔をしたものの、ぴょんと柏木の父の肩に乗る。

「こ、これはなんともラグジュアリー！」

満面の笑みの柏木父。ご満足いただけたようだ。

しかし、モドキは重い。あまり長い時間だと腰を痛めてしまうだろう。

モドキもそう思ったのか、ふたたび柏木の肩に軽やかに戻る。

名残惜《なごりお》しそうな柏木父。モドキの余韻で頬《ほほ》は緩み、目尻は下がり、恍惚《こうこつ》としている。

「ずるい。私も！　私も！　いい？　いいですか？」

柏木の母の語彙力《ごいりょく》が低下している。

初めて会話したときの柏木を思い出す。あのときは、モドキをスリスリして吸っていたな。うん。モドキ、ごめん。今日は、お前は吸われまくる運命にある。

普通のご両親に見えたのは、一瞬だけだった。

猫ガチ勢。まごうことなき柏木の両親。

モドキが柏木の母の肩に移ると、柏木母は幸せそうな笑みを浮かべる。

その間、柏木の父はキャリーバッグの中のマロンを確認して、ひたすら可愛《かわい》いを連呼している。

ふと横を見ると、柏木が顔を覆っていた。

「どうしたの？」

「……すみません、こんな両親で。失礼しました」

「いや、優一さんもほぼこれだから。もう慣れたし」

そう。もはや見慣れた光景なのだ。猫ガチ勢の圧は。

第三者によって自らの姿を見せつけられた柏木は、普段の行いを省《かえり》みたようだ。

「はい、反省いたします」

小さな声で柏木が謝罪していた。


ラクシュ様の下僕《げぼく》を自認する柏木の両親は、モドキのモフモフ・ラグジュアリー・ボディと、マロンのクリクリお目々にあっさり陥落《かんらく》した。

持っていった手土産《てみやげ》も喜んでくれたし、和やかな雰囲気で私たちはリビングでお茶をしている。

リビングの扉を閉めて、マロンが変なところへ入り込まないように注意してくれている。

どうやってラクシュが部屋を出入りするのかと思ったら、扉の上に猫用の通路があり、自由に行き来できるらしい。

柏木の話によれば、どの部屋もラクシュが通れるようにしてあるのだそうだ。城内を自由に歩き回ることができ、いつでも休憩できるように、ハンモックやクッションが置かれている。

そう、この家は人間の家ではない。巨大な猫タワー！

猫のラクシュを城主とする城。人間がラクシュの邪魔をしないように住み、ラクシュに仕えているのだ。

テーブルの上には、柏木の母が作ってくれたマカロンとコーヒー、私が持ってきたクッキーが並んでいる。

モドキは目当ての贈答用《ぞうとうよう》猫様スティックを舐《な》めながら、大人しくご両親の間に座っている。

時々、柏木父と柏木母の二人に交互に吸われているが、デラックスの威力は絶大で、モドキは猫様スティックに夢中だ。

マロンは、柏木の膝《ひざ》の上で満足そうにシッポを振っている。

なかなか会えない柏木にここぞとばかりに甘えているのだろう。

マカロンを食べて、この間、柏木が作ってくれたものと味が似ていることに気づく。

「どうかしら？」

「とても美味《おい》しいです。この間、優一さんが作ってくれたマカロンと味がそっくりです」

「でしょ？　薫さんが、美味《おい》しいって言っていたと聞いて、優一にレシピを教えてもらったの」

私がそう言うと、柏木母が答える。

逆かと思っていた。母に教わったレシピで柏木が作ったのかと……

そうか。私がドキドキしてここに来たように、ご両親もドキドキして待っていてくれたんだ。一人息子の彼女。どんな人間なのか、気になっていたのだろう。

私が気に入りそうなものを柏木に聞いて、用意してくれていたんだ。

なんだか、その気持ちがすごく嬉しい。

「ありがとうございます。嬉しいです」

素直にそう話すと、柏木の母もニコリと笑ってくれる。

しばらく談笑して、柏木の小さい頃の写真を見せてもらった。

今の柏木をそのまま子どもにした感じの大人しそうな少年が、ラクシュと一緒に写っている。

小学生の柏木と子猫のラクシュが昼寝をしている写真。一緒に遊んでいる写真。

柏木が宿題をやっているのを、大人になったラクシュが見守っている写真。

中学の制服を猫毛だらけにして、柏木がラクシュを抱きしめている写真。

ラクシュと柏木の関係が深いのが伝わってくる。

写真からして、ラクシュはもうずいぶん年寄り猫なのかもしれない。

十五？　十六？　そういえば、猫の寿命っていくつだっけ？

とても今ここでは口に出せない疑問が、頭に浮かんだ。

楽しく過ごしていると、上のほうから鋭い視線を感じる。

ラクシュだ。

高貴なオーラをまとったラクシュ様が、柏木手作りのキャットウォークの上から、静かに私たちを眺めていた。

手入れの行き届いた白く長い毛が麗《うるわ》しい。

ラクシュは柏木の隣に座る私をじっと見つめている。神々しいくらいに気高《けだか》い。

ラクシュの視線が痛い。このままでは、穴が開いてしまうのではないかと思うくらいに、鋭い視線をぶつけられている。

「ラクシュ！」

柏木が声を掛けても、ラクシュは動かない。

「駄目《だめ》ですね。警戒しています」

心配そうな柏木。

私たちとラクシュの仲がいいほうが、柏木だって嬉しいに違いない。

高いところに悠然と座って、こちらを見下げるラクシュ。

「ラ、ラクシュ？」

恐る恐る、私もラクシュに声を掛けてみる。

「にゃあ」

ラクシュは一鳴きして、じっとこちらを見ている。

なんて返せばいいのだろう。

「にゃあ」

私がおどおどしていると、モドキが私の代わりに返す。

「にゃあ」

今度はまたラクシュが一鳴き。なんと言ったのだろう。

ラクシュがモドキをじっと見ている。

モドキが、ピョンと飛び上がって、キャットウォークを歩いてラクシュに近づく。

なんか頼もしい。なんかカッコイイ。

人間たちが固唾《かたず》を呑《の》んで見守っていると、ラクシュの側にモドキが座る。

近づくモドキを見ても、微動だにしないラクシュ。

モドキが、何かをラクシュに差し出す。

……あれは……今日のお昼にランチしたときの鮪《まぐろ》のぶつ切り？　モドキ、残していたんだ。

賄賂《わいろ》だ。え、露骨なくらいに賄賂《わいろ》だ。

ラクシュ、どうするんだろ？

愚弄《ぐろう》する気か！　と怒《おこ》り出《だ》したらどうしよう。

ラクシュのモフモフお手々がスウッと優雅に動く。

ラクシュは、前足で静かに鮪《まぐろ》を自分に引き寄せると、パクリと食べた。

あ、大丈夫そう。うん、よかった。

しかし、マロンを救出するときに手伝ってくれた岡っ引きカラスといい、ラクシュといい、みんなあの鮪《まぐろ》で心を開いてくれる。

そんなに美味《うま》いんだ、あの鮪《まぐろ》のぶつ切り。九百円はお高いと思っていたが、お値段以上だな。

もし私がひょんなことから鬼退治を命じられた際には、キビ団子などではなく、あの鮪《まぐろ》のぶつ切りを持って出発するようにしよう。そのほうが、仲間を集められそうだ。

ともかく、これで城攻めは完全に成功したと思っていた。

さすがに、これ以上の障害はないだろうと思っていたのだが私の考えは甘かった。

バンと大きな音がして、リビングの扉が開く。

そこに立っていたのは、目力の強い老婆《ろうば》。

「あら、お母さん」

柏木の母が、お母さんと呼ぶ存在。すなわち、この人は……

「お婆《ばあ》ちゃん。どうしたの？」

柏木が慌《あわ》てる。

ということは、この人がラスボス。自分にも人にも厳しい、獣医《じゅうい》のお婆《ばあ》さん。

まさかのここでラスボスが降臨。

もう私は、いっぱいいっぱいなんですけれども。無理です。勘弁してください。

柏木がそれとなく私の前に立つ。

守ってくれようとしているのだろう。なんだか嬉しい。

柏木の膝《ひざ》の上から私の膝《ひざ》の上に移されたマロンは、私の心を読み取ったのか、不安そうな表情をしながら、ペロペロと手を舐《な》めてくれている。私を落ち着かせようとしてくれているのだろう。マロンも優しい。

味方がいるとなると、勇気も湧《わ》いてくる。

「優一の彼女が来ると聞いて、見てみたくて」

そう言って、柏木の祖母が私を見る。

厳しそう。私はたじろぐ。重い。この視線は、すごく重い。何これ。

蛇に睨《にら》まれたカエルのように、私は動けなくなる。

「おソノ……？」

モドキの声に、柏木の祖母はキャットウォークに顔を向ける。

「げ、源助さん……源助さんじゃないか！」

源助……確か、モドキの元の飼い主が呼んでいた名前だ。

ということは、モドキと柏木の祖母は知り合いなのだろうか？

「久しいの、おソノ。変わりないか？」

モドキがニコリと笑う。

「よかった。源助さん、元気そう。絹江《きぬえ》も心配していましたよ」

柏木の祖母、おソノさんが涙を浮かべている。本当に心配していたのだろう。

絹江は前の飼い主だろうか？

モドキは、前の飼い主に世界旅行に連れていかれそうになって、面倒で逃げてきたと言っていた。そのバリバリ元気なお婆《ばあ》さんの名前が絹江なのだと思う。

突然モドキがいなくなり、源助時代の知り合いは心配していたということか。

まさか柏木の家で、モドキの源助時代の知り合いに会うなんて思ってもみなかった。

しかし考えてみれば、猫の行動範囲はそれほど広くない。

国や県をまたいで生活範囲を変えることは、ほとんどないだろう。

突然のモドキとおソノさんの会話に戸惑《とまど》っている私と柏木。

「「モドキちゃん、喋《しゃべ》った！　可愛《かわい》い！　え、クッキーとか焼けるの？」」

一方で柏木の両親は、歓喜の声を上げていた。

一度見たな、この光景。ブレない猫ガチ勢、柏木一族。

ご両親とは仲良くなれそうだ。自信が出てきた。

荒ぶる両親の姿にまた己を重ねて、大ダメージを受けた柏木は、私の隣でうずくまっていた。

「もう、本当ごめんなさい」

綾小路《あやのこうじ》絹江。それがモドキの元の飼い主の名前だ。

「本当に心配して、あの絹江が、一日三杯しかご飯を食べられていないのよ」

いや、十分だろう。普段どれだけ食べるんだよ。ご高齢の女性ではなかったか？

よかった。モドキを失っても絹江はそれなりに元気そうだ。

「ふむ。しかし絹江は、世界中を旅行したいのであろう？　それに儂《わし》がついていくことはできん。邪魔になるのであれば、何も言わずに去るのが猫の美学」

何も言わないで出ていっちゃったんだ。いや、何か言おうよ。心配するでしょ。普通に。

確かに猫って突然フラフラと姿を消して、二度と帰ってこないイメージがあるかも。でもそれって残された者は、すごく心配するんだよ。

「源助さん……」

「源助ではない、モドキだ。源助は、絹江の伴侶の名前だ」

モドキは以前にもそう言っていた。自分には、まだ名前がないのだと。源助は、自分の名前ではないと。おソノさんが言うには、おソノさんと絹江と源助は、子どもの頃からの知り合いだったらしい。

「でも源助さんも時代劇、好きだし」

おソノさんが言う。じゃあ、モドキは源助の生まれ変わりかも。モドキも将軍様の虜《とりこ》になっている。

「源助さんもビール好きだし」

モドキのビール愛。猫なのにどうしてビールが好きなのか不思議だったんだ。

「源助さんも理屈っぽかったし」

モドキの理屈っぽさは、私も感じている。そんな猫は、やっぱりありえない気がする。

「姿だって源助さんと似ているし」

そう言っておソノさんが出したのは、おソノさんと絹江に囲まれてビールを飲む、源助というお爺《じい》さんの写真。白髪で所々黒い髪が残っている。

……確かに似ている気がする。

そりゃあ、モドキは源助の生まれ変わりと、絹江が判断してしまうのも分からなくはない。源助とモドキの共通点はかなり多い。

え、どういうこと？　モドキは本当に源助の生まれ変わり？

「知らんわ。儂《わし》に源助だった記憶はない」

ないんだ、記憶……じゃあ、違うのか？

「儂《わし》は、今生をモドキとして生きている。確かなことはそれだけだ」

キャットウォークの上で、ラクシュの隣に座ったまま、モドキは答える。

そこから下りたら、柏木両親の爆速スリスリ攻撃が待っているから、下りるに下りられないよね。ご両親が両手を広げて、待ち構えているもの。

喋《しゃべ》る動物の出現に、ご両親はテンションを抑え切れていない。ウキウキわくわくしていらっしゃる。柏木の「落ち着いて」という言葉は、ご両親の耳に届いていない気がする。じっと事態を見つめている、最も冷静なラクシュ様。

「にゃあ」

ラクシュ様は一鳴きして、キャットウォークを優雅に歩いて、リビングを出ていってしまった。

『うっとうしい。みな、帰れ』

そうおっしゃっているに違いない。ラクシュ様の怒《いか》りに、ご両親はハッとする。

「ラクシュが不機嫌になってしまったわ。ちょっと騒ぎすぎたかしら」

「そうだな。今日は、もうお開きにしようか」

柏木の両親が慌《あわ》てて出《だ》す。

そう、ここはラクシュ城。ラクシュ様の意見は絶対なのだ。

「あ、じゃあ。今日は帰ります」

私がキャリーバッグを開くと、マロンとモドキが入る。

「待って、源助さん！」

おソノさんはモドキとまだ話したそうだが、モドキはもう帰る準備をしている。

「お婆《ばあ》ちゃん。また今度、日を改めようよ」

柏木がおソノさんに提案してくれる。

今度、絹江ともお話ししなければならないだろう。だが、それは今は無理。

もう、私は限界。今、モドキの将来を巡って、バリバリ元気そうなお婆《ばあ》さんと話はしたくない。

◇◇◇

柏木家を訪問してからしばらく経ち、今日も私はモドキとマロンと一緒にのんびり、まったり過ごしている。

あの日の帰り道。

「薫さん。僕の家族はあんな感じなのですが、このままお付き合いしていただけますか?」

柏木にそう聞かれた。

「もちろんだよ」

私は答えた。

私のほうこそ、あんな人と付き合ってはいけません的なことを言われるのではないかとドキドキしていたのだが、柏木はそんなことは思っていなかったようだ。

「今後は忙しくて、のんびりお会いする時間が作れません。ですが、僕は、その、まだ学生のくせに生意気ですが、薫さんと、将来のことも考えてお付き合いしています。だから……」

真剣な目で私を見る柏木。

「だから、信じて待っていてください。ちゃんと、獣医《じゅうい》になって、なったら……ええと、とにかく頑張ります。僕が獣医《じゅうい》になったら、そのときに続きを聞いてください」

真っ赤な顔をした柏木の口から、なんともグダグダなセリフが飛び出した。

柏木らしい。一生懸命に私に向き合おうとしてくれているのが分かる。

「大丈夫、待っているから。だから、安心して勉強して」

そう返すと、柏木は心の底からホッとした顔をした。


柏木とは、あれ以来会えていない。

あの日から、柏木は大学に泊まり込んでいる。

本当に、忙しくなるギリギリまで、時間を作ってくれていたんだと思う。

だから付き合って間もないのに、両親と会わせてくれたのかな。

忙しくなって会う時間は作れないけれど、私との仲を本気で考えているんだと伝えるために、自分の全てを見せるために実家訪問を提案してくれたのだろう。

今も連絡はくれていて、昨日の夜に『この毛布有難《ありがた》いです』と写真付きでメールを送ってくれた。ホワイトデーに私が贈った毛布にくるまった柏木。

大学のゼミ室のソファーで寝るところらしい。とんでもなくボロボロのソファーの上に寝そべっている。可愛《かわい》いと思うのは、恋人の欲目だろうか。

写真を見てニヤニヤしていると、ジッとマロンがこちらを見てくる。

あ、またオヤジ臭いと思われている気がする。

「そんなにオヤジ臭い？」

「ワン」

即答だ。

「まるで、キャバクラ嬢からのメールを見るオヤジのようだぞ」

モドキもジト目で見てくる。

そんなオヤジっぽい顔で笑ってたか。ちょっと反省。

「しかし、まあ、あのときのラクシュはすごかった。さすが一城の主《あるじ》だな。あの猫」

モドキはあれから度々ラクシュの話をする。

「そうなんだ。てかその話、何回目？」

「最後は、儂《わし》らを庇《かば》ってくれたんだぞ？」

モドキの話によれば、一歩も引かないおソノさんを見て、ラクシュは自分がこの場を収めようと、その役割を買って出てくれたのだそう。

『猫は、猫がいたいと思うところにいればよい。人間の指図は無用』それが、ラクシュの考えらしい。なんともお猫様な考え方。

猫が自分でいたい場所を選ぶ……

ということは、モドキは私と一緒にいることを選んで、あのときキャリーバッグに入ってくれたんだ。

「じゃあ、モドキは私と一緒にいてくれるの？」

「もちろんだ。儂《わし》は源助ではない。何度も言っているではないか」

よかった。ちょっと心配していた。絹江のところに帰ることになるんじゃないかと。

モドキと出会ってから、私の生活は一変した。

あの日、モドキと出会えていなかったら、私は今頃どうなっていたのか。

正樹と縁を切れただろうか？　柏木と仲良くなれていただろうか？　マロンを助けられただろうか？

この六キロのモフモフした塊《かたまり》は、私の大切な相棒だ。

「モドキ、大好き」

「薫、愛している」

私が言うと、いつかの晩酌《ばんしゃく》の会話を覚えていたモドキがそう言ってくれる。

絹江には悪いが、私はモドキを返すつもりはない。

◇　◇　◇

六月に入り、ついに新しい人材が部署に入ってきた。

部署の改革に貢献したことと西根課長の推薦で、柿崎が係長になった。

それによって、これまで柿崎がやっていた仕事を引き継ぐ人が必要になったのだ。

水島歩《みずしまあゆむ》という名前の男性で、マクロや数式を使いこなして、配属されてすぐに、ドンドン業務の効率化を進めてくれた。有能だ。助かる。助かるぞ。

私も水島に教えてもらって、今まで時間の掛かっていた作業を時短でこなすことができた。最近はストレスなく従事できている。

「水島さん、イケメンですよね」

業務中、幸恵がそんなことを言う。

「そう？　別にそこはどうでもいい」

私は水島の能力しか見ていなかった。

「本田先輩、ちょっと目が腐っているというか、女としてどうなんでしょう？」

「悪かったな。てか、仕事しようよ。私は定時に帰りたいの」

相変わらずの幸恵。ブレない幸恵。

結局、幸恵はマロンのことを捜してはいないようだ。

柿崎から聞いた話によると、モドキが傷を付けたブランドバッグもマロンも、正樹が幸恵に強請《ねだ》られて、買い与えたものらしい。

……あ、ならいいや。遠慮なく堂々としておこう。

「水島さんって、俳優のティミーに少し似ていませんか？　ほら、綺麗系《きれいけい》だし」

無視して仕事をしていると、幸恵がとんでもないことを言ってくる。

「似てないから」

私は秒で否定する。愛《いと》しの推し様の顔を、一般人に当てはめないでほしい。

推しを崇拝《すうはい》している方ならお分かりになると思うのだが、推しとはすなわち神の領域。

そんな気安く、『あの人、○○に似ていない？』と言わないでほしい。

そして似ていると言われて会ってみれば、大抵似ていない。

ドラマの主人公を演じている素敵俳優も、イケメン細マッチョなアスリートも、憧れの王子様系アイドルも、おいそれと転がっているものではないのだよ。

……まあ、柏木はどことなく推し様に雰囲気が似ているような？

なんて、つい考えてしまうときはあるのだが、それは自分の欲目と自覚しているから、口には出していない。これは、ウチの猫は宇宙一可愛《かわい》いと、全国の猫飼いが思っていることと同じだと思う。許してほしい。

そっけなく業務を続ける私と雑談するのを諦《あきら》めて、幸恵が自分の仕事をし始めた。

助かる。私は幸恵に対して、苦い思い出しかない。

頼むから、できるだけ接触は避けてほしい。

本日の業務量は、まぁまぁだ。このまま穏やかに時が過ぎれば、定時に帰宅して、モドキとマロンと夕食を食べて、晩酌《ばんしゃく》まで楽しめる。幸せな家庭の時間を味わえる。

モドキたちとの幸せタイムのために、私はサクサクと仕事を進める。

「ごめんなさい。ちょっといいですか?」

ガンガン仕事を進める私に、水島が声を掛けてきた。

「はい。何か?」

優秀な水島だが、まだ部署に配属されたばかりだ。何か質問だろうか?

柿崎か西根課長に聞けばいいのに、どうしたんだろう。

「ひょっとしてティミー様……推していらっしゃいますか? そのボールペン、ティミー様が主演の映画の限定グッズですよね?」

ドキドキワクワクしながら、水島が聞いてくる。

……これは、同胞の予感。

スッと見せられた水島のスマホの背景。そこには、ティミー様の姿。息が止まる。

私も自身のスマホを取り出して、ティミー様の姿を見せる。

スパイが合言葉を照合したときのような笑顔で、私たちは同胞の存在を確認した。


「今度、一緒に飲みに行きましょう」

お昼休み、そう水島に言われた。

もちろん、純然たる推し活のための飲みだ。

会社にティミー様を推している人がいるのは、嬉しい。

ティミー様推しの人には、今までネット上でしか出会ったことがない。

私の推し活は、推し様の作品をニタニタしながら何度も眺めるか、新しい作品を探して、日本で公開される日を心待ちにするか。

誰かと楽しむといっても、ネット上の同志の意見に、激しくいいねを連打するくらいだ。現実世界で、このように推し様のよさを語り合えるなんて、とても嬉しい。

これが女性ならば即飲みに行って、心おきなく語り合うのだが、水島は男性だ。

柏木という彼氏がいるのに、水島と二人で飲みに行くのは、やはりいけない気がする。だって、もし柏木と女性が二人でご飯を食べているところを私が目撃したら、ショックを受けるし、いい気はしない。駄目《だめ》だよね、やっぱり。

「悪いけど、彼氏がいるから。推し活といえども、男性と二人で飲みに行くのは遠慮しておく」

そう答える。

もう二、三人いるならば、話は違う。みんなで飲むならセーフだろう。

今後、布教活動を社内で進め、同胞が増えるのを待って、そのときに飲めばよいのだ。楽しみは取っておこう。

「え、飲み会の話ですか?」

幸恵が話に入ってくる。待て、幸恵。首を突っ込んでくるな。面倒くさい。

もう私に絡まないでほしいのに、同じ部署で働いているから、どうしても幸恵とは縁《えん》が切れない。異動願いを出そうかと思うレベルだ。

だが、柿崎や他のメンバーとはうまくやっているし、西根課長は素晴らしい。業務内容も嫌いではない。やはり、できればこの部署から動きたくない。

「本田先輩、行かないんですか?」

「だから、行かないって」

「じゃあ、水島さん。せっかくだし、二人で行きませんか?」

幸恵がウキウキしている。何がどうせっかくなのか?

どうしよう……水島の回避能力はどの程度なんだろう?

チラリと水島を見ると、目で『助けて』と訴えている。

「あ、じゃあさ。柿崎に言って、水島さんの歓迎会を企画したら?」

これでどうだ。部署全体の飲み会であれば、幸恵からの攻撃を逃れつつ、色んな人と話もできる。

「わぁ、それ嬉しいです。まだ話したことのない人がチラホラいまして」

水島が話に乗ってくる。

「松本さん、盛り上げるの得意だし、幹事お願いね」

一抹《いちまつ》の不安は残るが、ここは幸恵に任せよう。

水島が気になっているのなら、これは幸恵にとって、いいところを見せるチャンスにもなるし、部署のみんなも助かる。ウィンウィンなはず。

「じゃあ、会の進行は私がやります。だから、お店探しや時間調整、お金の管理とか、細々とした雑務だけ、本田先輩よろしくお願いします」

「はぁ?」

いや、その細々とした雑務が幹事の仕事でしょうが。

ていうか、全然細々していないし。それがメインでしょ?

心の声をうまく言葉に出せない私は、表情で訴える。

モドキならば、それで分かってくれるのだが、幸恵にそれが伝わるわけもなく。

面倒な役目だけが、私に任された。


帰宅後、家で水島歓迎会のための店を探す。

「モドキさあ、どんな店がいいと思う?」

「鮪《まぐろ》の美味《うま》い店」

「ワン」

「うむ。ペット同伴のカフェはよかったと、マロンも言っている」

猫もワンコも新人歓迎会なんてやらない。どんな店がいいのか聞くほうが、間違いというものだ。

それでも気になって、あのカフェを検索してみる。

確かにあそこの鮪《まぐろ》のぶつ切りは絶品で、カラスもラクシュもイチコロだった。それにパスタだって美味《うま》い。あの店はレベルが高い。

カフェのサイトをよく見てみると、夜にも営業しているらしい。

ふむふむ、前菜、パスタ、デザートなどのコース料理と、ワイン、ビールなんかも出るんだ。丁度よくない？　お値段も、コースなら手頃だ。

十人くらいのパーティにも対応可……ここで、いい気がしてくる。

問題は場所……ああ、なんだ。系列店が会社の近くにあるじゃない。

わ、すごくいい気がしてきた。

念のため、もう二店舗ほど候補を挙げて、店に予約の空き情報を問い合わせしてから、柿崎係長と西根課長と幸恵に知らせればいい。

「モドキ、マロン。おかげで候補が決まったよ。ありがとう」

しばらくネットサーフィンして、他の候補も決まった。

これで私のする仕事は、だいぶ片づいた。

「うむ。お礼は猫様スティック一本ずつでいいぞ」

モドキが肉球を差し出して、猫様スティックをねだる。

肉球お手々。触るとムニムニして気持ちいい。

モドキのねだり方を覚えて、マロンまで肉球を差し出してくる。

猫とトイプーのダブル肉球攻撃。

モフモフぷにぷにの最高触感。この攻撃に一体誰が勝てるのだろう？

「もう、仕方ないなぁ」

やっぱり今日も敗北した私は、モドキとマロンに猫様スティックを渡す。

モドキとマロンが並んで猫様スティックを食べる可愛《かわい》い様子を写真に撮って、柏木に送る。しばらく経って返信が来た。

『可愛《かわい》いです。最高です。あの、できればなんですが、なかなかお会いできていないので、薫さんの顔も見たいです』と書いてある。

私の顔……今、すっぴんジャージ姿ですが？

彼氏に見せる姿ではないと思うのは、きっと気のせいではない。

「わ、どうしよう。私を撮れって」

「ふむ」

モドキがさっと私の写真を撮って、柏木に送ってしまう。

「モドキ、送信取り消し。早く」

「しかし、もう返信が来たぞ？」

……最悪だ。

「ワン」

『いつもオヤジっぽいのに、今更だ』って、マロンさん言いました？

ええ、日頃の行いっていうのは、こういうときに出るのだと痛感しました。

自分のだらしない姿に撃沈して瀕死の私に、柏木は『リラックス中だったんですね。自然体な姿に癒されました』なんて、温かい言葉を送ってくれた。その優しさが嬉しい。

『僕は、相変わらずゼミ室で泊まりです。近くに銭湯があってよかった』

そんな言葉と共に送られてきたのは、風呂上がりの柏木が、首からタオルを掛けてゼミ室で笑っている写真。上下スウェットで、私のあげた毛布にくるまっている。

待って、後ろに写っているのは……同級生？　女の子だ……え、結構美人……

この間、柏木が寝そべっていたボロボロのソファーに横になって、白いオウムを愛《め》でている。

つい『後ろの美人は、誰?』と送ってしまう。

だって、私には元カレに盛大に裏切られた過去がある。

まだ生々しいその傷は、時々ジクジクと痛む。

柏木が浮気をして裏切る人ではないことは重々承知だけれども、それでも気になる。

『よくメスだって分かりましたね。小梅《こうめ》っていいます。ゼミの教授の愛鳥《あいちょう》です。得意な言葉は、「チクショー」です』と返信が来る。

いや、私は人について聞いている。美『人』と言っているだろうが。

鳥の情報は、今はいいんだ。ブレないな、柏木優一。こんちくしょう。

『あ、人も写り込んでいましたね。彼女はゼミの友達です。今、狭いこの部屋には、男女五人くらいいるので、僕だけを写そうと思っていたんですけど、彼女も入ってしまいました』と柏木から追加の情報が送られてくる。

五人もいるんだ。じゃあ、安心か?

同じゼミ生なんだから、交流するのは当然だし、実験を一緒にやることもあるだろう。そんなことを咎《とが》めるようなら、メンヘラ彼女になってしまう。ここは、我慢だ。

柏木は正樹とは違う。柏木を信じないと。頑張れ、本田薫。

思った以上に、メソメソと正樹の浮気に傷付いて、トラウマを抱えたままな自分に腹が立つ。七年もの歳月、恋人だった人の裏切りは、私の心に大きな傷をつけた。

柏木に『そうなんだ。みんな頑張ってて、大変だね』と送りたいのに、どうしてか指が止まる。

するると、突然電話がかかってきた。

『薫さん。今、電話大丈夫ですか？』

久々の柏木の声。

「うん。大丈夫」

大丈夫。大丈夫？　電話は大丈夫。時間も平気。でも、泣きそうだ。

『薫さん、大好きです』

「ふへえ？」

突然の柏木の言葉に、変な声が出る。

『あれ？　モドキちゃんから、こう言えば薫さんから嬉しい言葉をもらえるって教えてもらったんですけど、僕じゃやっぱり駄目《だめ》ですか？』

モドキの仕業《しわざ》か。全くあの猫もどきは！
ちらりと見ると、モドキはマロンと素知らぬ顔で遊んでいる。
モドキのやつ。あとでモフモフ・マッサージの刑だ。
「……わ、私もよ。愛してる」
必死で言葉を紡ぎ出す。
大好きと言われたら、愛してると返す。愛してると言われたら、大好きと返す。
モドキとのお決まりの会話。
そんなの柏木に教えないでほしい。
だって顔が火が出ているみたいに熱いし、目がチカチカする。

◇　◇　◇

電話を終えてゼミ室に戻ってきても、僕は薫さんの言葉に口元が緩むのを止められなかった。

突然、モドキちゃんから『電話してやれ』とメールが来て合言葉を教えられたが、こんなに可愛《かわい》らしいリアクションを薫さんからもらえて、感謝しかない。

「リア充だ」

ゼミ生の一人、西島《にしじま》さつきが、そう言って僕を睨《にら》む。

今日は少しデータをまとめる作業が遅れている。

普段はほんわかした雰囲気のゼミ室も、今は殺伐《さつばつ》として、みんな迫りくるレポート提出の恐怖でイラついている。

「ごめんなさい。頑張りますから、勘弁してください」

謝ってからパソコンに向き直って、作業を進める。

動画を確認して、必要な情報をまとめる。その日の天候、気温、動画に映っている個体の識別。採取した糞や行動の分析結果……

やることは山積みだ。

「柏木君の彼女、年上でしょ？」

鴨川《かもがわ》ひかりが、作業しながら話し掛けてくる。

「ええ。もう社会人です」

僕は手を止めずに答える。

「大丈夫なのか？　まだ付き合ったばかりなのに、こんなほとんど会えないような状況で」

そう聞いてくるのは、最近別の学部の彼女にフラれたばかりの綾瀬《あやせ》卓也《たくや》だ。

『こんなに会えないのはおかしい。きっと浮気している』なんて、一方的に責められて、別れを告げられてしまったらしい。

「どうでしょう。ヤバイかもしれません。僕なりに努力はしていますが、それが伝わっているかどうか……足りないですかね？」

足りないとしても、どうしたらよいのだろう。

この一年は勝負所だ。今後の人生にもかかわるし、もし国家試験に失敗すれば、もっと長い時間、薫さんに待ってもらわなければならない。

「いくつ？」

西島が不躾《ぶしつけ》に聞いてくる。

答えていいものかと一瞬迷うが、みんな薫さんと僕の関係を応援しようと、日頃から協力してくれている仲間だ。

「二十九歳とおっしゃっていました」

僕は正直に答えた。

「二十九歳」」

綾瀬と鴨川の声が合わさる。

「え、駄目《だめ》でしょ……」

綾瀬が絶句している。

「何がですか？」

僕には分からない。二十九歳だと、何がどう駄目《だめ》なのだろう？

「だって、次の誕生日には三十でしょ？」

「そうだ。こんな汚《きたな》いゼミ室で収入もなくフラフラしているやつ、お父さんは許さん」

綾瀬と鴨川が、そう口々に抗議する。

あ……なるほど。節目の年齢の薫さんと、こんな進路が確定していない人間が付き合うのは、駄目《だめ》だと言いたいのだろう。

昨今は、三十歳なんてそれほど大きな節目ではないという意見もあるが、薫さん自身がどう考えているかを聞いたことはないし、聞けるはずもない。

「でも、それならどうすればよいのでしょうか？」

これから院試を受けて、国家試験を受けて……安定した収入を得られる日は、まだまだ遠い。

前向きに考えたいし、将来的には薫さんと……なんて妄想はしているが、現状安定していない自分がそういう話をするのは、薫さんに失礼なのではないだろうか？

ついそう思ってしまう。

もし薫さんの前に自分よりもしっかりした男が現れたら、我慢して引くべきなのだろうか？　でもどんな相手なら、僕は納得することができるだろう？

安定した職に就いていて、優しくて、誠実で……見たこともない架空の相手に嫉妬《しっと》してしまいそうだ。

「プロポーズしかないな」

西島が全くパソコンから目線を上げることなく、言い切る。

「チクショー」

一瞬静まり返ったゼミ室に、小梅の絶叫が響き渡る。

えっと、なんだって？

「婚約だよ。柏木君」

エンターキーをバンと勢いよく押しながら、西島が言う。

「あ〜、おめでとう」

「よかった、よかった。これで解決だ」

綾瀬と鴨川が、西島に賛同する。

みんな高速でキーボードを打ちながら、無表情。

徹夜続きで頭がおかしくなっているのかもしれない。

鴨川、君は『お父さんは許さん』とか言っていなかったか？

ていうか、僕は二浪だ。この部屋のゼミ生はみんな年下。

なんで、僕はこうもいじられるのだろう。

「そんなの、今こんな状況で考えられませんよ」

なんとか否定したが、みんなが聞いてくれているかは定かではなかった。

夕食の買い出しに行っていた小松伸之《こまつのぶゆき》が、買い物袋を提げてゼミ室に戻ってきたとき、
僕は薫さんにもらった毛布を頭にかぶって作業を続けていた。

他のメンバーも、全くそれを気にしないで作業をしていた。

「あれ、どうしたの？　なんかあった？」

ゼミ室内の微妙な空気を察して、小松が尋ねる。しかし、誰も答えない。

ただ、小梅だけが時々「チクショー」と絶叫していた。

◇　◇　◇

水島の歓迎会の日。

部署の人たちのスケジュールがなかなか合わず、結局七月になってしまった。

結局、あのカフェの系列店で歓迎会が行われることになった。

普段の居酒屋も飽きてきたし、新しい店を開拓するのもいいだろう、と柿崎は賛同してくれた。私も、ここの鮪《まぐろ》には興味を持っていたから嬉しい。

今回のコースでは、あの鮪《まぐろ》のぶつ切りが人間用となって、前菜で出てくるはずなのだ。モドキ、マロン、岡っ引きカラス、ラクシュ。数多《あまた》の動物の心を鷲掴《わしづか》みにする鮪《まぐろ》のぶつ切り。楽しみだ。

部署の人数は十一人。西根課長が声を掛け、それぞれ好きなドリンクを頼んで、料理を待つ。フリードリンクで、会費は事前に集めて、既《すで》に支払いが完了している。

私の仕事は終わっているから、あとは幸恵に任せて、のんびり料理を堪能すればいいいだけだ。

テーブル席が三つ。それが一か所にまとまっている。

ウキウキして、私は西根課長と柿崎の近くに座る。三人席だ。

水島は幸恵に連れ去られて、私からは離れた席にいるが、あと二人、他の社員もいるから助けはいらないだろう。

「今回、幹事として司会を務めさせていただく、松本です。新しく部署に入った水島歩君にインタビューを……」

幸恵が会を進行する。

「まるで、幹事の仕事を一人でやったような言い草だな」

ぽそりと柿崎が不満を漏らす。

「いいよ、別に。おかげで、自分が食べてみたかったものを、堪能できる機会を得たし」

そう私は返す。私は前に出て、自分の功績をどうこう言うのが苦手だ。

できれば、空気のように静かに過ごしたい。

「柿崎、気持ちは分かる。分かるが、今までとは立場が違うのだから、今後は言葉と態度に気をつけてな」

西根課長が柿崎に注意する。

そうだった。係長となったのだから、柿崎は今までのように、藁人形《わらにんぎょう》にヘドバンをくらわしてはいけないのだ。

私情を挟《はさ》まず、正しく公平に業務の進行を管理して、問題があり迷っている者がいれば、寄り添って導く立場。牧場における牧羊犬のように、柿崎は、迷える羊である部下たちをまとめ上げなければならないのだ。メェ。

さすが西根課長だ。不平不満を溜めやすい柿崎の性質をキチンと見抜いている。

西根課長のイケメンっぷりを再度確認しながら、運ばれてきた前菜を食べる。

地産の野菜のサラダ。それに添えられた、鮪《まぐろ》のぶつ切りとボイルしたエビ。

店自慢のドレッシングが掛けられている。

鮪《まぐろ》のぶつ切り。結論から言えば、めちゃくちゃ美味《おい》しい。

お魚の旨味が、弾力のある身から溢れてくる。

程よい大きさに切られた鮪《まぐろ》は、口の中で存在感を放ちながらも、あっさりした後味でしつこくない。

私は鮪《まぐろ》は醤油一択だろうと考えていたのだが、この店のドレッシング、大正解だ。エビを口に運ぶと、ドレッシングの味がよく分かる。

魚介類の味をうまく引き出す塩加減。最高に食欲をそそられる。

モドキ、マロン。この店を思い出させてくれてありがとう。

お土産《みやげ》を買って帰るから、いい子で待っていてね。


美味《おい》しい料理に、柿崎や西根課長との楽しい雑談。

私はとても満足して、帰宅するところだった。

みんなは二次会に行くようだが、私には可愛《かわい》いモドキとマロンが待っている。

お土産《みやげ》を頬張《ほおば》る姿を想像しただけで楽しくなる。

店のレジでテイクアウト用の鮪《まぐろ》ぶつ切り真空パック——お高いから一つだけだが——を購入していると、水島が話し掛けてくる。

「ペット飼っているんですか?」

そりゃ、自分のために動物用の真空パックは買わない。

動物と生活していることは、一目瞭然《いちもくりょうぜん》だろう。

「そう。私は手下だから。さっさと帰ってご奉仕するのだよ」

モドキもマロンも、ペットという領域は既《すで》に超えている気がする。私の大切な相棒だし、家族だ……モドキからしたら手下なのかもしれないが。

「水島さんは、みんなと一緒に二次会でしょ？」

そう水島に尋ねる。

今日の主役だ。行かないわけがない。ほら、もうさっさと行かないと、みんな移動し始めている。こんなところで私と話している場合ではないだろう。

「カラオケらしいです。僕は用事があるから後で顔を出すって言っています」

そうなんだ。日程のアンケートをとったときは、そんなこと言ってなかった気がするけど……

「だから、ちょっとだけ話しませんか？　そこの公園でも結構ですから」

ニコリと笑いながら、水島が言う。

つまり用事とは、私と話をすることだったらしい。

よっぽど私と推しの話がしたいのだろうか？

天使のような神々しいご尊顔《そんがん》の推し様、ティミー様。

演技力に定評があり、ジャンル問わず様々な作品に出演しているが、男性ファンは少ない。男性の水島は、推しの話をする機会に飢えているのだろうか？

まあ、公園で話すくらいならいいか。いいよね？

水島にも私にも、そんな気がないのなら、裏切りにはならないよね？

「十五分くらいなら、いいよ」

私は、水島の提案に乗った。いや、乗ってしまった。

公園で、缶コーヒーを飲みながら話をする。

「どの作品が好きなの？」

私は水島に聞いてみる。もちろん、推し様の映画の話。

「『僕の名をキミが呼ぶ』ですかね？」

「マジ？　最近公開された映画かと思ってた」

「ああ、ＳＦですもんね。あれもいいんですが、やっぱり推し様のよさが伝わるのは、『僕の名をキミが呼ぶ』ですよね」

「分かる。もう目線とか仕草とか、全部美しくって可愛《かわい》くって」

推し様のよさを分かってくれるのは、最上級に嬉しい。

最初に言っていた十五分を超えて、話してしまう。

推し様の秘蔵画像コレクションをスマホで見せ合って、楽しくお喋《しゃべ》りする。

すると、水島のスマホに電話がかかってきた。

水島は切ってしまったが、きっと先にカラオケに行った社員からに違いない。

なかなか来ない水島を心配して、連絡をいれたのだろう。

「おっと。みんな、待っているんじゃない？」

主役がこんなところで、推しの話に花を咲かせている場合ではないだろう。

「今度のティミー様の映画、行かれますか？」

「もちろん。行かないわけがない」

公開予定の新しい映画。推し様の新しいご活躍姿。拝みに行かないわけがない。

きっと柏木は興味ないし、忙しいと分かっていて映画に誘うなんてできないから、一人で行く予定だった。

「……一緒に行きませんか？」

「だから、彼氏いるから無理。後ろめたくなることはしない主義なの」

一緒に映画は、さすがにアウトだろう。

水島はいいやつだし、下心はないと思う。思うのだが、傷つく側の心情を知っている私は、そんなことはできない。

「残念」と言う水島に苦笑いを返しながら、公園を出る。

そこで、私は出会った。出会ってしまった。

写真で鳥を愛《め》でていた女の子と歩く、柏木に。

「え、優一さん？」

黙《だま》っていることができなかった。

私の声に気づいて、柏木がこちらを向く。

柏木も水島を見て動揺している。何、この状況？

「薫さん……」

やましいことは、お互いにないはずなのに、ないはずなのに、心が痛い。

「あ……小梅ちゃんでしたっけ？」

「違いますね。西島といいます。柏木君のゼミ友です」

なんとか言葉を捻《ひね》り出《だ》す。間違えた。小梅は鳥の名前だった。

この事態に、私の脳はかなりバグっているようだ。

「薫さん、そちらの方は？」

柏木に聞かれる。

「こんばんは。優一さんって言うんですか？　本田さんの同僚で水島歩と申します。ゼミ友ということは、学生さんなんですか？」

にこやかに水島が挨拶《あいさつ》を返す。

柏木の手を両手で包み込んで、かなり激しめの握手をしている。

これは、水島、発動してしまったかもしれない……

先ほど推し話をして、ある可能性を考えていた。

『僕の名をキミが呼ぶ』は、ＢＬもの……

演技が好きなだけという可能性もあるし、腐男子は結構いる。そんな嗜好的《しこうてき》なことを聞くのは失礼かと思って断定はできなかったが、この握手。そういうことか？

水島、私と趣味が合うとは思っていたが、そこまで趣味が合わなくたっていいんだよ？

「み、水島さん。優一さんは、私の彼氏なの」

焦って、私は柏木の手を取り返す。

ＢＬは嫌いではない。嫌いではないが、自分がその間に挟《はさ》まれるのも、彼氏を盗《と》られるのも嫌だ。

私の言葉に、西島さんの顔がパアアァッと明るくなる。何か察したな？

面白い玩具《おもちゃ》を見つけた子どものような、無邪気な笑顔の西島さん。

小梅と間違えて悪かった。落ち着いてくれ西島さんとやら。

心配した関係ではなさそうだが、これはこれで厄介か？

「うわ、柏木君。彼女さんの同僚なんだって。せっかくだから、連絡先交換したら？」

に〜し〜じ〜ま〜！

最近徹夜続きということは、柏木から聞いている。

きっと今は、買い出しの途中なのかな？　うんうん。忙しいときほど、現実逃避で面白そうなことに飛びつきたくなるよね。分かるよ。

でもね、でもね、焚《た》きつけないで。鎮火するのが大変でしょ？

「それいいですね。そうしましょう」

水島はそりゃ乗るよね。渡りに船みたいな状況だもの。

爽やかな笑顔だな、こんちくしょう。

「ああ、そうですね……」

何がなんだか分かっていない柏木は、自分のスマホを取り出す。

「連絡先の交換なんてていいよ。優一さんと水島さんで話すことなんてないでしょ？」

これは、阻止しなければなるまい。回避しなければなるまい。

我が社が誇るイケメンソムリエ、幸恵のお墨付きの水島。

ひょんなことから、柏木の気持ちが揺らいでしまうのは困るんだ。

「薫さんは、僕が水島さんと話すのは嫌ですか？」

「嫌です」

即答する私を見て、柏木が悲しそうな表情を浮かべる。

待って、柏木。どうしてそこで傷付いた表情をするの？

何か勘違いしてる？


あの後、なんとか水島を二次会に向かわせ、私は無事に帰宅した。

「アホだとは知っていたが、やはりアホじゃの」

お土産《みやげ》の鮪《まぐろ》のぶつ切りをマロンと一緒に食べながら、モドキが私を責める。

マロンとモドキが並んで鮪《まぐろ》のぶつ切りを食べる絵面《えづら》はとっても可愛《かわい》い。

前足で一個一個食べるモドキの横で、マロンが真似をしようと頑張っている姿に癒される。だが、モドキの言葉は少しも可愛《かわい》くない。

「あの柏木が、浮気なんてするわけがないだろうが」

「だって、でも、けれども……」

テーブルに突っ伏してへこむ私に、モドキは容赦ない。

「それに、水島とやらは薫に興味がなさそうといえども、男性なのであろう？　ならば、二人きりはできるだけ避けるべきだった。もし関わることがあるのなら、こういう趣味の友達がいるのだと、柏木に先に連絡しておけばよかったのだ」

モドキの正論も今は辛い。ぐうの音も出ない私は、ただ突っ伏して反省する。

「今ここで反省しても、なんにもならん。柏木に連絡して、素直に気持ちを述べるべきだろう？」

モドキが私にスッとスマホを渡してくる。

「でも、なんて言えばいいのよ？　二人で話していて、ごめんなさい？」

そんなことを言えば、浮気の言い訳みたいになってしまう。

違うんだと否定をすればするほど、それは言い訳にしか聞こえないだろう。

「知るか」

モドキが冷たい……鮪《まぐろ》のぶつ切りをお土産《みやげ》に買ったのに……

「ワン」

「おお。マロンは優しいの。助言をしてやるのか」

「何よ？」

「柏木に『私はあなたと一緒になりたいです』と宣言してしまえばどうかしら、と助言している」

え、逆プロポーズ？　この状況でそれは、世界記録保持者でも飛べないほどの、高いハードルではないか？

「無理」

「なぜじゃ？　柏木が好きなのであろう？」

「そりゃ……好きよ。でも、人間はそんなに簡単に結婚しましょうって言わないし言えないの」

「なぜじゃ？」

えっと、なんでだろう。モドキに改めて聞かれると分からなくなる。

そりゃ、いつかは柏木と……なんて妄想はしないわけではないが。

で、でも柏木は、まだ学生だ。今はそんなことを考えられないほど忙しい。

そんな状況でその宣言は、彼にプレッシャーを掛けるだけだし、私は激重女になってしまう。

柏木が学生だとか、収入がないなんて、私にとってはそれほど問題ではないが、柏木は気にするかもしれない。

二十九歳。私と同い年で独身の友達も割といるし、そんなに焦りは感じていない……いや、強がりではない。

でもこの年齢は、学生の柏木にとって、既《すで》に激重かもしれない。

なのに、そんな、いやちょっと待て。どう考えても、無理だろう。

「やっぱ無理。なぜも何もないの！」

「ワン」

モドキが言うには、マロンさんは『じゃあ、自分で考えたら？』とおっしゃったらしい。うちの子たちが、私に厳しいのだが。どうしたらいいのか。

鮪《まぐろ》のぶつ切り買ってあげたのに……

やっぱり二匹に一パックでは足りなかったのだろうか。

「薫よ。何を大切にしたくて、どうしたいのか。よく考えるのじゃ」

モドキの言葉。難しい。

えっと、私は何を大切にしたいの？　どうしたいの？

「いいのか？　薫。水島とやらに柏木が襲われても。水島というやつは、話を聞いた限り相当な肉食であろう。猛獣じゃ」

「猛獣……」

極端だけれども、説得力はある。時期とか年齢とか、そんなの気にしていたら駄目《だめ》かもしれない。やっぱりここは、意を決して行動するべきか。

◇　◇　◇

小梅が叫ぶゼミ室に、毛布の塊《かたまり》が転がっている。

この毛布の塊《かたまり》の正体は僕だ。

「ねえ。からかって悪かったって。そろそろ復活してほしいんだけど」

西島が声を掛けてくるが、返事ができない。

「返事はない。しかばねになってしまったようだ」

ＲＰＧに出てきそうなセリフを鴨川が言う。

もはや復活の呪文も効かないかもしれないレベルで、精神的に瀕死状態だ。

考えるのは、薫さんと水島さんのこと。

薫さん……公園で二人で何をしていたのだろう？　どうして、僕が薫さんの同僚と話したら駄目《だめ》なのか？　彼氏が会社の同僚と仲良くなるのに、どんな不都合があるというのだろう？　もしかして……水島さんに薫さんの心が動いているから、僕が話すのは駄目《だめ》なのだろうか？　今はただの同僚だとしても、これからもそうとは限らない。

水島さん、親切そうだったな……

にこやかでフレンドリーなイケメン。恋敵かもしれない初対面の僕に対しても、あんなに笑顔で接してくれて。しかも、薫さんの同僚ということは、収入は安定している。薫さんとも気が合ってそうだし。

どう考えても、自分よりも水島さんと一緒にいたほうが、薫さんは幸せなのではないか。

疲れているせいもあるのだろうが、どんどん悪いほうへ考えが流されていく。

「毛むくじゃら人間め」

西島がそう言って、僕を毛布ごと踏んづける。

僕は西島に踏まれたまま微動だにしない。

「愛《いと》しの薫さんに電話して、話せばいいことでしょ？　それで解決でしょ？」

多少の責任を感じているのか、西島が僕の説得を試みる。

「だって、何話せばいいんだか……」

僕は顔を出して、西島に答える。スマホを持って、じっと見つめる。

煮え切らない僕の態度に、西島はイライラしているようだ。

「じゃあ、貸せ。私が薫さんと話してやる。さっさとうちの子を幸せにしてくださいって言えばいいんだろう？」

「いいわけないでしょう？　なんですかそれ」

スマホを奪い取ろうとする西島に、僕は必死で抵抗する。

「いいんだよ、それで。白黒はっきりしたほうが。こんなところでウジウジ考えていても、いいことは一つもない。時間の無駄《むだ》なんだ」

僕からスマホを奪い取ろうと、西島が腕を掴んでくる。

「綾瀬、鴨川、小松、保定して！」

「ほ、保定？」

「なんだ、保定も忘れたのか。獣医《じゅうい》の基本だぞ？　暴れる動物を保定袋に入れたり、手足を押さえたりして処置がしやすいように……」

僕が素《す》っ頓狂《とんきょう》な声を上げると、小松がご丁寧に説明してくれる。

「そんなのは、分かっています。分かっていますけど、なんで僕を……」

動物の扱いに慣れている三人に保定されては、僕は身動きが取れなくなる。

スマホは、あっけなく西島の手に収まった。

「パスワードなんだろう？」

「言いませんよ」

当然のように、僕は拒否する。

「どうせ、薫さんの誕生日でしょ？」

「えっと、前に薫さんの誕生日の話してたよね。楽しそうにさ」

「バレンタインの前なんでしょ？　だいたい……」

「特定しないでぇ……」

綾瀬、鴨川、小松が口々に言う。

弱々しい僕の抗議の声は、無視されてしまった。

「あれ、電話かかってきた」

そのとき、西島の手の中で、僕のスマホがブルブルと震え出した。

「モドキちゃんだって。だれ？」

「わ、ちょっと。返してください」

モドキちゃんが猫だってバレたら、面倒なことになる。

だってここにいるのは、みな獣医《じゅうい》のたまご、動物好き。

喋《しゃべ》る猫なんて、かっこうの研究材料だ。モドキちゃんがどんな目に遭うか分からない。

僕は電話を西島から奪い返して、慌《あわ》てて廊下に走る。

建物の屋上に出てきた。

ここならば、誰かに聞かれることはないだろう。屋上の隅に座って、電話をかけ直す。

「もしもし、どうしたの？」

『薫が泣いている』

僕が聞くと、モドキちゃんがそう答える。

薫さんが？　どうして泣いているの？　これは放っておけないことだ。

『事前に柏木にちゃんと説明をしなかったこと、許してやってくれないか？』

「え、許すも何も、僕、怒《おこ》っていませんよ」

僕が怒《おこ》る理由なんて何もない。僕のせいで薫さんが泣いているの？　どうして？

『面倒だ。代わるぞ』

『わ、モドキ、約束が違う……もしもし？』

薫さんの声に、心臓がキュッと締め付けられる。

言葉を返さなければならないのに、うまく出てこない。

「ごめんなさい。誤解するような行動して。それと……ですね」

薫さんの後ろで、『ワン』というマロンちゃんの声がする。

早く言えって急かされているみたいだ。

だけれども、よっぽど言い難いことを言おうとしているのか、薫さんの言葉は繋がらない。

僕の頭によぎるのは、『自分ではもう駄目《だめ》なのかもしれない』ということ。

「幸せですか？」

僕は薫さんに聞いてみる。

「薫さんは、僕と付き合っていて幸せでしたか？　それが一番重要です」

『もちろん。優一さんと付き合って、幸せだった』

薫さんが即答してくれる。よかった。幸せでいてくれたんだ。

何もしてあげられないし、お金もない。会う時間すら作ってあげられない。

社会人の彼女からしたら、自分は物足りなすぎる相手だ。

僕は薫さんの優しさに甘えて、ちっとも恋人らしいことをしてあげられていない。

なのに、薫さんはいつも僕に嬉しい言葉をくれる。

「もし、薫さんが水島さんを好きになったのなら……そのときは、僕は諦《あきら》めたほうがいいと思うんです。あんなしっかりしてて、爽やかなイケメン。僕では敵いません」

『え、ちょっと、だからそれは誤解で……』

「諦《あきら》めたほうがいいと、頭では思うんですけど……駄目《だめ》みたいです。ごめんなさい」

未練がましい言葉に自己嫌悪に陥る。

ホワイトデーにくれた毛布、美味《おい》しいパン屋、モドキちゃんやマロンちゃんとの時間、ストーカーから助けてくれたのも薫さんだった。

たくさんの幸せをもらっていたのに、僕は何もしてあげられていない。

それなのに……薫さんが自分より素敵な人に出会っても、喜んであげられない。

駄目《だめ》なんだろうと思いながらも、まだ一緒にいられる可能性に縋《すが》りついてしまう。

「僕は、薫さんとずっと一緒にいたいと思っています。こんなこと、僕のような先が分からないやつが言うのは、大変失礼かもしれませんが……だけど……」

西島たちの言う通りかもしれない。

ウジウジと考えているよりも、はっきり自分の考えを話して、それでフラれるのならば仕方ない。いっそ、今言ってしまったほうが傷は浅いはずだ。

そして、そのほうが薫さんのためになる。

『大好きだから』

薫さんから思わぬことを言われて、一瞬怯む。

「あ、愛しているでしたっけ？」

びっくりした。突然の合言葉。モドキちゃんに教えてもらった言葉。

以前、この合言葉のおかげで、薫さんから嬉しい反応をもらえた。

『合言葉じゃなくって、本当に優一さんが好き。モドキに言われたの。何が大切なのか、どうしたいのかを考えろって』

何が大切で、どうしたいのか……

『私、優一さんとモドキとマロンと、みんなで一緒にいることが大切なの。私がこんなことを言ったら、重すぎかもしれないけど、けれども……私もずっと一緒にいたいの。モドキとマロンと優一さんと。みんな一緒の未来しか、もう想像できないの。だから、信じて……ほしい……ん……です。で、だから……』

薫さんの言葉の勢いが、だんだん減速する。

『しっかりせんか。あと一言。頑張るんだろう?』

モドキちゃんが、薫さんを叱咤《しった》する声が聞こえる。

『キャンキャン』とマロンちゃんが応援する声もする。

電話越しのモドキちゃんとマロンちゃんの声に、僕も勇気が湧《わ》いてくる。

「待っていてくれませんか!」

通話したまま駆《か》け出《だ》した。行き先は決まっている。

やっぱり、面と向かって言いたい。

◇　◇　◇

「あ、ええ！　ここ割と遠い！　えっと、どこか、どこかで……」

柏木がこちらに向かってくれるならば、私も柏木のほうへ行かなきゃ。私も走れば、一緒に走れば早く会えるはずだ。

「大馬鹿者らめ！　後先考えんか！」

慌《あわ》てて飛び出そうとする私の後ろでモドキの声がする。マロンがぽかんとした表情で座っている。

「すれ違って出会えなかったら、どうする気じゃ。儂《わし》が柏木に薫の位置を送ってやる」

モドキめ。いつの間に私の携帯の位置情報を、自分の携帯で確認できるように設定しやがった。言いたいことはいろいろあるが、今は柏木だ。

私は柏木を捜して夜の街へ走り出す。

よく考えたら、私、部屋着に上着をひっ掛けただけの恰好だ。彼氏に会うのにこんなのでいいのか？　一瞬そんな考えが頭をよぎるが、一刻も早く会いたい。

ええっと、柏木の大学はあっちだから。この通りを抜けて、バス通りに出て。

やみくもに走る私。もう家を出てからかなり経っている。どうしよう、すれ違っちゃったら。会えなかったら。

『薫さん、その角を右に。僕は、その通りを真っ直ぐ走っています』

柏木につながったままの携帯電話。柏木が指示してくれる。

「うん。えっと、今、パン屋の前を通った」

『分かりました。あ、待って、その道をそのまま進んでください。僕が向かいます。モドキちゃんの送ってくれている情報だと、もう姿が見えてもいいくらいに近いです』

姿が見えるはず……

私は、キョロキョロと辺りを見回す。迷子の気分だ。

「薫さん！」

柏木の声に振り返ると、会いたかった人の顔があった。柏木がホッとした表情をしているのは、私を無事見つけられたからだろう。

走ってきた柏木が、そのままの勢いで、ギュッと私を抱きしめてくれる。

嬉しいけれど、照れる。顔が熱くて仕方ない。

「あ、ああ、ごめんなさい。つい……ここ外ですし、嫌ですよね」

「ううん、いいから！」

離れようとする柏木を、ギュッと抱きしめて引き留める。

言わなきゃ。今、言わなきゃ。

「あの……」

私は、恐る恐る口を開く。もうドキドキしすぎて、心臓は限界だ。

「「結婚のこと、考えてみませんか？」」

私と柏木の声が重なった。

# 第四章　拾ったのは家族かもしれない

私と柏木は、結婚の約束をした。

離れて住んでいる私の両親に会いに行くとか、いつ結婚するのかとか、具体的な話は、当然のことながら、柏木の生活が落ち着く来年の三月の後半を待ってから。

まだまだ先だ。けれども私の誕生日には、頑張って時間を作るから、指輪を買いに行こうと約束してくれた。

会えない日々は変わらないけれども、具体的にどう進めるのかが決まっていくのは、どんな風に表現していいのか分からないくらいに嬉しい。

すごいぞ、婚約は本当にあったんだと、宝物を見つけた男の子のように感動してしまった。

「ありがとうね。モドキ、マロン」

私は、家に帰って二匹にお礼を言う。

この二匹が手伝ってくれなければ、私は今夜、落ち込んだまま過ごして、燃え尽きたボクサーのように再起不能になっていた。

「礼など、猫様スティック三本で十分だ。儂《わし》とマロンでそれぞれ三本ずつだ」

そう言って、モドキのお手々が伸びてくる。

「駄目《だめ》。三本はお腹壊すかもしれないでしょ？　病気になったら困る」

特にマロンは小さい。おやつの制限は大切だ。

文句《もんく》を言う二匹に猫様スティックを一本ずつ渡して、食べる姿を眺める。

テチテチとピンクの舌で嬉しそうに舐める二匹の姿に、私も幸せが心に膨らんでくる。

来年には、柏木も一緒に住める……のかな？　あ、そうしたら、引っ越ししないと狭いよね。

でもここ便利だし、モドキとマロンが一緒にいられる部屋でないと困る。

このまま、隣同士でもいいかも？　それで、時間の合うときは、一緒に過ごして……

案外、今と生活変わらない？　あれ？　結婚って何をどうするんだっけ？

クズ男にキープにされた七年。結婚なんてものにご縁《えん》がなさすぎて、イメージは全く膨らまない。親世代の結婚は、自分たちとは生活スタイルが違いすぎて、参考にはなりそうもないし。

これは、結婚を取り扱った雑誌にでも頼るべきか。結婚なんてイベント、何をどうすればいいのか分からない。みんなが結婚情報誌を買いたくなる気持ちがよく分かる。

待て。いや、それは気が早いだろう。つい浮足立ってしまう気持ちを私は小さな深呼吸で押さえる。

「そういえば、薫。何をあげたんだ？」

「何が？」

「柏木の誕生日に決まっているだろうが」

「え？　優一さん。誕生日いつだったの？」

モドキの言葉に私は青ざめる。知らなかった。どうしよう。

「柏木の実家に行ったとき、写真を見ただろう？　誕生日の写真の下に小さく日付が入っていただろうが」

そんなの、気づかなかった。

ただ、柏木の小さい頃の写真可愛《かわい》い！　それだけしか思っていなかった。

てか、モドキ言ってよ。それ。情報共有お願いします。本当、頼みます。

今からでもプレゼントを用意して渡したい。

でも、徹夜続きで時間のない柏木にどうやって渡せばいいのか分からない。

ホワイトデーのときは、合鍵《あいかぎ》で部屋に入って置いておいたけれども、最近は大学に泊まり込んでいる。部屋に置いておいても、いつ戻ってくるか。

作業しているのに大学に押し掛けるのも迷惑だし。

じゃあ、メッセージ？　モドキとマロンの動画ネタはもうやったぞ？

また同じネタというのは、ちょっとあれだろう。

あ……いるじゃない。柏木が愛してやまない大切なお方が。

あの方の動画で、柏木が喜ばないわけがない。

◇　◇　◇

「チクショー」

今日も元気に小梅が叫ぶゼミ室。

亡者のように、パソコンに向かうゼミ生たち。

その中で、僕は一人お花畑にいるように、ウキウキと作業を進めていた。

「柏木、幸せオーラ漏れてるから、ちょっと自粛《じしゅく》して」

西島が僕に注意する。

薫さんと婚約。そんな嬉しい夢のような出来事の後でつい浮かれてしまっていた。

「あ、すみません。気を引き締めます」

気合を入れ直して、パソコンに向かう。

駄目《だめ》だ、集中しないと。もし気が緩んで試験に失敗したら、それこそ薫さんに顔向けできない。がっかりさせてしまう……

でも、薫さんも僕とのことを考えてくれていたなんて、嬉しすぎる……

また、だんだんと頬《ほほ》が緩んできてしまう。

作業を進めていると、スマホにメールが届いた。薫さんからだ。

画面を見ると、『誕生日プレゼントです。遅れてごめんなさい』というメッセージと共に、数分の動画が貼り付けてある。イヤホンをつけて再生してみる。

画面には、モドキちゃんとマロンちゃんとラクシュが映っている。

僕の使っていた子ども部屋。ラクシュとモドキとマロンちゃんが、並んでそこに座っている。可愛《かわい》い。もうその絵面《えづら》だけで、満足してしまいそうだ。

これから、何をやってくれるのだろうと観ていると、薫さんの声がした。

『ええっと、お祝いの言葉をもらいたいと、ラクシュに頼んでみました。モドキにラクシュの言葉を通訳してもらって、お伝えします』

ラクシュの言葉？　確かにそれは興味がある。

長年一緒にいて、こう考えているのではと感じることはあるが、人間の言葉にして聞けるのは、とても嬉しい。

モドキちゃんが、ラクシュを見て語り出す。

「……誕生日祝いとのこと。おめでとう優一」

モドキちゃんが話しているが、ラクシュの言葉なのだと思うとドキドキする。

「こんな女を連れてくるとは、大きくなったものだ。いじめられっ子で、よく泣いていたのが、昨日のことのようなのに……覚えておるか？　私のしっぽを引っ張ろうとしたいじめっ子を優一が突き飛ばして、いじめっ子が優一を殴ってきた。それを私が思い切り引《ひ》っ掻《か》いて、いじめっ子は大泣きして家に帰った。後で親同士が揉めたそうだが、あれは愉快だった」

待って、これ黒歴史の暴露？　薫さんが聞いているんだよ？　ラクシュ、抑えて。

「何をするにも一緒で、優一を守るのは私だとずっと思っていた。なのに、いつの間にか、大きくなって大人になっていたのだな。年を重ねるごとに、お前は世界を広げた。お前が獣医《じゅうい》になりたいと言ったとき、園子婆《そのこばあ》は反対した。動物好きな優一は、命に向き合うのが辛いだろうと思ったからだ。だが、私は信じていた。お前なら大丈夫だと」

微笑《ほほえ》んでいるようなラクシュ。優しい言葉。

信じてくれていたんだ。ラクシュが病気になったとき、何もできない、お婆《ばあ》ちゃんに頼るしかない自分が不甲斐《ふがい》なくて、嫌だった。

だから、自分も獣医《じゅうい》になることを決意した。

「獣医《じゅうい》になるには金がかかる。だから、受験するのは国公立だけ、一人暮らしをするなら自分でバイトをして費用を稼げと言われ、それでも頑張った。二回も受験に失敗しても、くじけなかったお前をずっと見ていた」

ラクシュが側にいてくれたから頑張れた。くじけそうなときには、側に来て寄り添ってくれた。言葉は分からなくても、ラクシュが僕を励ましてくれているのは分かった。

「五年前。学校の側に住まないと体がもたないと、家を出ていったときも、優一のためだと、私は見送った……信じていたからだ。辛い実験があったとき、くじけそうになったとき、時々弱音を吐きに帰ってきたが、それでもまた立ち向かっていく優一の姿。それを頼もしく見ていた……そして、今、やっと夢までもう一歩のところまで来たのであろう？　……私は、この部屋で待っている。お前が夢に全力で挑んでいるのだと信じて。当たって砕けてもいい。全力を尽くせ。砕けたときは、私がこの部屋でお前をまた励ましてやるから……優一。お前の相棒になれて、私は幸せな猫だ」

モドキちゃんを通じて伝えられるラクシュの言葉が、心に温かく溜まっていく。

ポロポロと目から零れ落ちる涙が、止められない。

五年も、五年も側にいられなくて、自分の都合のいいときにしか、家に帰っていなかったのに、そんな風に思ってくれていたんだ。

ラクシュ、頑張る。頑張るから、待っていて。

ボロボロと泣きながらパソコンに向かう僕に、「チクショー」と小梅が温かいエールを送ってくれていた。

◇　◇　◇

柏木に誕生日プレゼントの動画を送った翌日。今日もサクサクと仕事をこなす。

数日前、ラクシュの言葉をモドキに翻訳させて柏木に贈りたいと、ご両親に相談した。すると、ウキウキのワクワクで、すぐに日程を合わせてくれたのは助かった。

ご両親としても、ラクシュの言葉を聞くことには興味があるし、モドキとマロンに会うことは楽しいのだと言ってくれた。

よかった。今後も仲良くできそうな予感にホッとする。

ラクシュからは一言もらえるだけで上々と思っていたのに、柏木に伝えたい言葉はたくさんあったようで、とても長いメッセージをもらえたのは嬉しかった。

そりゃ、そうだよね。長年側にいる相棒に、やっと想いを伝えられる。

きっと、あれじゃ足りないくらいだったよね。

婚約者に誕生日プレゼントを渡すという大仕事を終えて、私は平穏に仕事を進める。

「私、結婚します」

これは、松本幸恵の言葉。お昼休み、談話室で昼食を食べていたら、唐突に幸恵にそう告げられた。

「え、ああ。そうなの？　おめでとう」

結婚を考えるような彼氏がいたのに、正樹や柏木、水島に手を出していたの？

「この間、マッチングアプリで、ＩＴ系の社長をつかまえました」

私が驚いていると、幸恵はそんなことを言う。

詳しく話を聞いてみる。幸恵は柏木にフラれてから、心機一転するために登録したアプリで、気の合う男性と知り合うことができたのだそうだ。

イケメンソムリエ幸恵としては不満が残る顔立ちらしいのだが、『スペックがいいから♪』なんて言っていた。スペックってなんだスペックって。お前はパソコンとでも結婚するつもりなのか？

でも、ちょっと見習いたいくらいの幸恵の恋愛力。へなちょこでポンコツで、モドキとマロンに手伝ってもらわないと何もできない私とはレベルが違う。

「え、社長夫人……っていうことは、仕事はどうするの？　続けるの？」

一緒にご飯を食べていた柿崎も尋ねる。

係長の柿崎としては、それは気になるところだろう。

仕事量の少ない幸恵といっても、辞めるとなると引継ぎは発生する。

「それなんですけど、迷っています。彼ピは自立した大人の女性が好みなので、このまま仕事は続けておいたほうがいいと思うんですよね。まあ、働かなくっても、生活はできるので、彼の反応次第ですよねぇ」

にこやかに幸恵は答える。

そっかぁ。今まで以上に仕事にやる気のない幸恵が爆誕しそうで怖い。

「しかし、早いね。もう結婚するんだ」

柿崎が素直な感想を述べる。

「そうですか？　ウエディングドレスって、やっぱり二十代のうちに着ておきたくないですか？」

今、なんとおっしゃいました？

三十の誕生日でようやく指輪を買う予定の私や、既《すで》に三十代に到達している柿崎に喧嘩売りました？

「じゃあ、ご婚約ということですか？　おめでとうございます」

今日の業務が終わった後、水島に柏木と婚約したことを伝えた。

水島はにこやかにそう言ってくれた。

水島の恋愛的嗜好《れんあいてきしこう》については、気弱な私は結局確認できていないが、もし柏木のことを気になっていたら悪いし、あとは私なりの牽制《けんせい》だ。

ここは推し友である私に免《めん》じて、ご辞退を願いたい。

「まあ、もし万一別れるようなことがあれば、すぐ言ってください。慰《なぐさ》める人が必要でしょ？」

水島はウィンクをしながら、茶目っ気たっぷりに言った。

誰をどのように慰《なぐさ》めるつもりだい？

いや、柏木が自分の彼氏でなければ、見たいシチュエーションではある。

年上の仕事できる系イケメンが、傷心の歳下可愛《かわい》い系イケメンを慰《なぐさ》める……

これは、大好物の展開。だが、自分の彼氏でそれは困る。

不穏なことは、言わないでいただきたい。

「そういえば、松本さんもご結婚が決まったそうで」

「そうなのよ。細かいことはこれからしいけど、入籍の日程まで決めて、そこへ向けて動き出しているんだって」

「めでたいですね……でも、営業の伊川さんが、ずいぶんお怒《いか》りらしいです」

「伊川正樹？」

まだ、幸恵に執心だったんだと驚く。

私には理解できないが、正樹は幸恵に本気で恋をしていたのだろう。

「そうです。さんざん貢《みつ》がされた挙句に、さっさと別の人を見つけて結婚って、貢《みつ》いだほうからしたら面白くないでしょ？　風の噂で聞いたのですが……」

水島が周囲を見てから、小声で話す。

「え、何？」

正樹がどうなろうが知ったことではないが、ちょっと気になる。

「松本さんのお相手に、直談判《じかだんぱん》しに行こうとしているようです」

「マジ？」

なんだかドロドロ系の恋愛劇が展開しているようだ。

私と正樹は、あまりにも価値観が違いすぎていたのだと、今更ながら思う。

合うはずがなかったのだ。それに気づくまでに七年も掛かってしまったけれども。

幸恵の相手は会社の社長という立場もある。スキャンダルは嫌うだろうから破談になりそうな気はする。

まぁ、恋愛レベルの高い幸恵なら華麗に回避できるのだろう。

もう放っておいて、見守ることにしよう。こっちに飛び火しても困る。

◇　◇　◇

八月の中旬、職場で驚くべきニュースが飛び込んできた。

正樹が仕事をやめるらしい。は？　なんで？

どうやら、幸恵の結婚相手に直談判《じかだんぱん》しに行った正樹は、鼻で笑われたらしい。『その程度の金額を貢《みつ》いだくらいで、どうして自分のものだと思い込むんだ』と。

……まあ、我々庶民とは金銭感覚も違うだろうしね。

それに、幸恵は事前に、元カレがストーカー化して困っているのだと、婚約者に報告していたらしい。

そして、どうやら幸恵の婚約者の会社は我が社の取引先で、婚約者がうちの会社の社長に正樹の苦情を言ったようだ。

そうなれば、会社での正樹の立場は悪くなる。

うちの会社の社長によく思われていないことを知った正樹は、別の職場で人生をやり直すことにしたのだそうだ。

「そう。なんか可哀想《かわいそう》だけれども、このまま幸恵の呪縛に囚《とら》われているよりいいんじゃない?」

私は、このことを教えてくれた水島にそう言った。

これで、私も正樹と顔を合わせることはなくなるだろう。

そう思っていたら、廊下で正樹とすれ違った。

「正樹、頑張れよ。次は変な女に引っかかんな」

つい私は声を掛けてしまった。

だって、正樹と過ごした七年間、いい思い出だって多少あったし。

正樹は、ちょっとびっくりした顔をして、「変な女代表のくせに、偉そうに」と苦笑いを返してきた。それが、私が正樹と話した最後だった。

◇◇◇

十月。モドキにせがまれて、世間様では考えもしない時期にコタツを出す。まだ暑すぎて電源を入れようと思わないが、それでも、この形状が猫にとっては魅力的らしい。単身者用の小さな四角いコタツ。

コタツから出たり入ったりして遊ぶモドキとマロン。楽しそうで何よりだ。

「コタツに入って観る将軍様は、格別なのじゃよ」

ウキウキのモドキは、そう言って目尻を下げる。

かなりオヤジ臭い。

「コタツの何がそんなにいいのよ?」

「この完成された美が理解できんのか?」

私が聞くと、モドキがやれやれと首を横に振りながら答える。

「左右対称のシンメトリーの形。コタツ布団を上げたときに現れる、外界と完全に遮断された空間のワクワク感。それに、この程よい狭さがいいのだよ」

つまり、囲まれた場所がいいということだろうか？

まあ、猫って、紙袋に首を突っ込むし。

モドキはこんなにも生意気でオヤジ臭いけれども、意外と猫の習性がある。

あ、そうだ。じゃあ、あれ。ネットで見掛けたあれ。モドキにも効くのだろうか？

マスキングテープを床に貼り、猫が一匹入る大きさの円形を作る。

これはかの有名な『猫転送装置』。

猫は円形を見ると、そこに入りたくなる習性があるのだという。

そのため、床にこのように円を描くと、猫が召喚されるのだ。

猫鍋もこの原理である。丸い土鍋の形状に誘われて、猫が自然と土鍋に入るのだ。

「なんじゃ、それは？」

モドキが冷めた目で私の作った猫転送装置を見る。

「猫転送装置。猫が好きな形なんだって」

「子ども騙《だま》しな」

はあ、とモドキがため息をつく。

「……そんなものに、この知性溢れる儂《わし》が、そそられるわけが……」

そう言いながらも、モドキの目線はチラチラと猫転送装置に向けられている。

「ちょっと、気になる形ではあるな」

じりじりと近づいて、マスキングテープの真ん中に、モドキが足を入れる。

そして、猫転送装置の真ん中で香箱《こうばこ》座りをする。

とんでもなくあっさり、猫の転送が完了してしまった。

モドキよ。本能には抗《あらが》えなかったようだな。

「ちょっと試しただけだからな」

モドキは強がっているが、私の実験は大成功した。

◇　◇　◇

十二月。イルミネーションが街に輝く季節。

遠足のときとか、楽しみにしているイベントの前に熱を出す子どもっているよね。

そう。それは、私。

せっかく柏木とゆっくり会えるはずの十二月。

私は約束の日の前日からずっと風邪で寝込んでいた。

十二月の後半は、私の仕事が忙しくて時間が取れないから、初旬で日程調整してもらったのに。プレゼントも用意していたのに。予定は吹っ飛んでしまった。

モドキがいてくれてよかった。私とマロンの世話を全部してくれる。

一人暮らしだと、病気ほど怖いものはない。ひどいときは、飲まず食わずで起き上がることもできずに、倒れていなければならない。


午後には熱が下がってきたので、頭を起こす。

「多少は元気になったか？」

すると、マロンに水をあげていたモドキが聞いてくる。

「うん。ありがとう。モドキがいてくれてよかった」

私は、素直にモドキにお礼を言う。

「卵粥《たまごがゆ》を作って、台所に置いてある。食べるか？」

「え、モドキが作ってくれたの？」

まさか。料理はできないのではなかったか？

「柏木だ。自分の部屋で作って持ってきてくれた。薫は寝ていたので、儂《わし》が受け取っておいた」

柏木が作ってくれた粥《かゆ》の入った土鍋が、コンロに置かれている。

「会いたかった……」

来てくれたのだったら、一目でも会って話したかった。

「我儘《わがまま》言うな。風邪なんだから、無理であろう？　柏木に感染《うつ》るのも困るし。寝ているのに起こすのも、薫の体に悪い」

モドキに正論を言われる。

その通りだ。その通りなんだけれども、せっかく予定を調整して楽しみにしていたのに……

「冷蔵庫に栄養ドリンクやら、ゼリーやら、柏木が足してくれている。元気なら確認しておけ」

冷蔵庫の中は、柏木が買ってきてくれたものでいっぱいになっている。

レトルト食品や栄養ドリンク、ゼリー、スポーツドリンク、果物……冷凍庫にはアイスも入っている。

ありがたい。さらに、卵粥《たまごがゆ》まで作ってくれたんだ。

スマホを見ると、『ゆっくり寝てください。早く元気になりますように。また、会えるのを楽しみにしています』と、柏木からの言葉が届いている。

メッセージが温かい。

粥《かゆ》を温めていると、冷蔵庫の上に小さな包みが一つあるのに気づく。

中はシュトーレン。ドイツのクリスマス用のお菓子。

『少しずつ食べてください。僕が作りました。ささやかですが、クリスマスプレゼントです』とメモが貼ってある。

え、これ柏木が作ったの？

真っ白な粉砂糖に包まれている。アーモンドやクルミ、クランベリーやレーズンをふんだんに入れ、シナモンを効かせたパン生地。

バターをたっぷり塗り、粉砂糖を振ることで、一ヶ月くらい日持ちする。一切れずつ食べて、クリスマスまでゆっくり楽しむのだ。

真っ白なラグビーボールのような形は、赤ちゃん、つまりキリストが、おくるみに包まれた様子を表現しているのだという。

……美味《おい》しそう。

シュトーレンの前に、卵粥《たまごがゆ》を食べる。優しい味。シンプルな味わいだが、生姜《しょうが》がほんのり香る。病み上がりの体に、温かい食べ物は本当に嬉しい。

「おお、そうじゃ。儂《わし》らにも、猫様スティックをくれたんだぞ」

モドキが猫様スティックを見せてくる。既《すで》に何本も減っているのは、とても気になるのだが、今は大目に見よう。

よく見れば、マロンとモドキのご飯も買い足してくれている。

「ありがたすぎる。これ、どうやって返したらいいんだろう」

私はつぶやく。

「返してもらおうなんて、思っていないだろ。柏木だぞ？　薫が元気になったらそれで十分だ」

そう言って、モドキが笑う。

食後に一切れ食べたシュトーレンは、甘くて、アーモンドやクルミ、クランベリー、レーズン……たくさんの幸せがつまった味がした。

◇　◇　◇

あれでよかったのかな？

数日前に薫さんから、風邪で会えなくなったと連絡が入ったときは、とにかく心配した。

『ごめん。またれんろくすろ』

たぶん、『ごめん。また連絡する』と打ちたかったのだと思う。誤字だらけのメールで、相当辛いのが分かった。

だから、モドキちゃんに連絡して、必要そうなものを聞いて持っていった。

卵粥《たまごがゆ》は余計だっただろうか？　シュトーレンは、風邪を引いている人には重かったかも？　かえって迷惑だったのでは？　そもそも、恋人からのクリスマスプレゼントがシュトーレンだなんて、ないわ〜と思われないだろうか？

いろいろと不安はあるが、とにかく今は、薫さんが元気になってくれればそれでいい。

足りてなかったことは、謝って改善すれば、薫さんなら許してくれるだろう。

プレゼントが気に入ってもらえなかったら、また好みを聞いて買い直せばいい。

薫さんにモドキちゃんがいてくれてよかった。

容態が急変するようなことがあれば、賢《かしこ》いモドキちゃんなら連絡してくれるだろう。

「人間の介護は、絹江で慣れておる」

モドキちゃんはそう言っていた。

モドキちゃんの前の飼い主、綾小路絹江さん。おソノ婆《ばあ》ちゃんの友達らしい。

おぼろげにお婆《ばあ》ちゃんの動物病院で会った記憶があるが、とんでもなく派手な服を着た人だった……それで、明るくって……いつも、おソノ婆《ばあ》ちゃんに叱られていたような……

僕が動物病院に頻繁に顔を出していたのは、共稼ぎの両親が、おソノ婆《ばあ》ちゃんに僕を預けていた子どもの頃。たぶん、お爺ちゃんにも会ったことがあるはずなのだが、思い出せない。

「ねえ、なんで栗饅頭《くりまんじゅう》なの？」

西島は、僕の買ってきた饅頭《まんじゅう》を食べながら聞く。

表面に『ボッチ』と書かれた饅頭《まんじゅう》。以前バイトしていたお店で売られていたものを買ってきた。洋菓子店の店長がどうしても販売したかった渾身《こんしん》の栗饅頭《くりまんじゅう》だ。

いつも揶揄《からか》われていることに対する微かな復讐なのだが、気づかないのなら、それでもいい。

「シュトーレン食べたかった」

「だって、そんなに作れませんよ。上手に作れたほうを薫さんに、失敗したほうを、実家に置いてきました。二本しか作っていません」

「いいなぁ。薫さんが編んだマフラーもあったかそうだし」

「へへっ。いいでしょう?」

西島が羨《うらや》ましそうに言う。僕の首には、薫さんが編んでくれたマフラー。

本当は、失敗作だから薫さんは渡すつもりはなかったらしい。

モドキちゃんが、せっかく編んだのにタンスにしまっていやがったと、渡してくれた。

薫さんと会う日が決まったのは、ほんの数週間ほど前。

短期間で編むのは大変だったのではないだろうか?

不揃いな編み目を見ると、薫さんが頑張ってくれている姿が想像できて、嬉しくなる。

このために無理をして風邪ひいた? それなら、申し訳なさすぎるな。

薫さんが元気になったら、嬉しいけれども無理はしないでほしいと言っておこう。

失敗したマフラーの代わりに用意していたという手袋までもらってしまって、心も体もぽかぽかだ。

「栗……クリ……ボッチ？」

綾瀬が、饅頭《まんじゅう》を食べながら何かに気づく。

「あ、このリア充め。我々を愚弄《ぐろう》したな！」

鴨川は、この栗饅頭《くりまんじゅう》の秘密に気づいたようだ。

「おのれ、謀《はか》ったな!!」

小松が悔しがりながら、栗饅頭《くりまんじゅう》を一気食いする。ケーキ店の寒いクリスマスジョーク商品。

「クリぼっち饅頭《まんじゅう》」

僕はぼそりとつぶやく。

クリスマスを一人で過ごす方が少しでも楽しくなるようにと、店長の心づくしが込められている。

◇　◇　◇

この指に合った指輪をくださいと、街に出て指輪を買いに行くのだよ。

一月、私の誕生日。柏木と待ち合わせして、一緒に食事する。

いつものペット同伴カフェ。モドキとマロンも一緒。

「今日は、二人で行くんだろう？　一旦家に帰るのか？　時間の無駄《むだ》では？」

モドキがいっぱい質問してくる。

だって指輪を売っているような店には、動物は一緒に行けない。

「でも、誕生日だしモドキとマロンと一緒に食事はしたいし」

「いつも、儂《わし》らと食事はしているだろう？　今日ぐらい柏木と二人きりで行けばいいのに」

モドキが鮪《まぐろ》のぶつ切りを食べながら、そう言う。

一かけら残しているのは、きっとまた友達の岡っ引きカラスにあげるつもりなのだろう。カラスもそのつもりらしく、電線の上でウキウキと、モドキが店内から出てくるのを待っている。

「どんな指輪が欲しいですか？」

柏木が私に聞く。

「えっと、それが全くイメージが湧かなくって。貴金属にはご縁《えん》がなさすぎて、優一さんとまず予算の相談をしてから考えようと思いまして」

私の人生に、貴金属が登場することなんてほとんどなかった。着飾ることに慣れていないのだ。

「それが困ったことにですね、僕も一体いくら用意したらいいのか、さっぱりなんです。給与の三ヶ月分なんてことも言われますが、僕の場合、今収入がゼロなので、三を掛けてもゼロ円という情けない有様です。ネットで調べたら、三十万から四十万くらいが相場らしくて。その辺を目指せばいいのかな？　どうでしょう？　もしご不満なら、なんとか頑張って、もう少し高いものも……」

柏木がそう提案してくれる。彼のことだから、一緒に指輪を買うと決まってから、節約してくれていそうだ。

「そんな高いの？　いいよ。もっと予算を下げていこうよ」

私は慌《あわ》てて予算を下げようとする。ずっと一緒にいるのだ。無理はよくない気がする。

「いや、でも、せっかくだし……」

柏木は引かない。議論は平行線を辿りそうだ。

「柏木。無理せず安くしておけ」

モドキが口を挟《はさ》む。

「婚約指輪はずっとつけておくものなのだろう？　ガサツな薫のことだ、必ずどっかに忘れる。高い指輪だと盗まれる可能性が高い。安物のほうが手元に戻ってきやすいであろう？」

ガサツは一言余計だが、モドキの言っていることは一理も二理もある。どっかで手を洗うときに忘れて、失くしてしまったら、私は顔面蒼白になり、立ち直れなくなりそうだ。

「モドキの言う通りよ。そんな高価なものをつけていたら、怖くて何もできないよ」

ここは、モドキに合わせる。でも……と、まだ柏木が考え込んでいる。

「あ、じゃあさ。私が優一さんの分の指輪を買う。それがいい。だって、婚約って二人で約束するものでしょ？　なんで、優一さんから私へと、一方的なの？」

これでどうだ。これで、高いものにこだわれなくなるはずだ。

「え、ええ？　それは、また超理論。そんな……」

柏木がオロオロしている。

「そうじゃ。そして、その分の予算で、マロンと儂《わし》とラクシュに、祝いの猫様ステイックを購入して配るのじゃ」

フフンとモドキが胸を張る。

狙いはそれか、モドキよ。そのお腹、ダイエットが必要になってきたのではないか？

モドキの提案を、猫の下僕《げぼく》である柏木が強く否定できるわけない。

◇◇◇

結局、私たちはシンプルなデザインの指輪を買って、お互いに贈り合うことにした。

気を遣った柏木が、指輪に合うデザインのネックレスまで買ってくれたのは、嬉しかった。この人は、いつも一生懸命私に向き合ってくれているのだ。

それが何より嬉しい。

「絶対おかしいです」

取りに行った指輪を、早速つけて仕事をしていたら、幸恵に絡まれた。

幸恵とは、とことん価値観が合わない。きっと同じ職場でなければ、交わらない世界で生活しているはずだ。

彼氏と婚約して、お揃いで指輪をつけていることを話したら、先ほどのセリフだ。

「だって、婚約指輪って男性から女性にあげるものだし。なんで薫さんからも、彼氏さんにプレゼントするんですか？　一生の記念になるものだし、私なら最低……四十万くらいは掛けてもらわないと、別れようかと思ってしまいます」

……いいから、仕事しようよ。幸恵が別れるかどうかは、どうでもいいからさ。

でも世間の常識として、幸恵の価値観のほうがメジャーなのかもしれない。

だけれども、私はそれでは嫌なんだ。私は柏木と対等でいたいんだ。

一方的に贈られるのは嫌だ。

「そうなんだね。でも私は満足しているから。放っておいてよ」

私の結婚感について、別に幸恵に納得してもらう必要はないはずだ。

幸恵の価値観を捻《ね》じ曲《ま》げるつもりもないから、私の価値観も捻《ね》じ曲《ま》げようとしないでほしい。

「見てください。これ」

幸恵が自慢げに見せてくるのは、ダイヤの高そうな指輪。

なるほど。これを自慢する前フリとして、私の指輪にケチをつけたのだ。

「わ、こんなの会社につけてきて……失くさないでよ。面倒だから」

こんなの失くしたら、幸恵は誰かが盗ったんだと大騒ぎしそうだ。濡《ぬ》れ衣《ぎぬ》なんてまっぴらごめんだ。できれば、近づかないでほしい。

「不吉なことを言わないでくださいよ。これ婚約指輪なんです。そう。こういうのを、婚約指輪っていうんです」

ということは、これは最低でも四十万する指輪……海外のスラムを歩けば、指ごと持っていかれそうだな。恐ろしい。

「これ超高級ブランドものなんですよ」

おっと、これは四十万どころではないな。百万くらいするかもしれない。指に百万。怖。

私なら怖くて外を一歩も歩けないだろうが、幸恵は嬉しそうに笑っている。

……まあ、よかったね。幸せなのはいいことだ。人間はそれぞれの価値観で、自分が幸せならそれでいい。

◇　◇　◇

獣医師国家試験《じゅういしこっかしけん》。それは、二月の中頃の火曜日と水曜日。二日間の日程で行われる。

二月の中頃……つまりそれは、バレンタインデーが潰れることを意味する。

きっと、この日程で国家試験を行うことを決めた過去の重鎮《じゅうちん》は、リア充の爆発を願っていたに違いない。この野郎。

ということで、私と柏木は当日は会うことを諦《あきら》めて、国家試験が終わった後に少しだけ会おうと約束している。

国家試験が終わっても、まだ研究は終わらない。むしろ最後の追い込みの時期に入ってしまうらしい。院試、卒論、国家試験、普段の研究、授業と、獣医学部《じゅういがくぶ》の六年生ってハードなんだと改めて知る。

きっと、医師や弁護士、看護師などその他の専門職の方々も、とんでもない苦労をして頑張っておられるのだろう。その努力に支えられて世の中は回っているのだから、頭が下がる思いだ。

その獣医師国家試験《じゅういしこっかしけん》の当日。

私は、柏木とその友人たちの健闘を祈りつつ、柿崎と幸恵と私の三人で、昼食を取っていた。

昼休みも終わる頃、スマホに柏木の母から連絡が入っていることに気づく。

珍しい。なんだろう？

折り返して電話してみる。

「あ、ああ、薫さん？　ごめんなさい。つい気が動転して掛けてしまって。今日はお仕事よね？　気にしないで」

柏木の母が、涙声でそう答える。なんだか焦った様子の話し方。

後ろで、柏木の父が「ラクシュ！」と大きな声で何度も叫んでいるのが聞こえる。

嫌な予感がする。

「どうされたのですか？」

そう聞いても、柏木の母は答えてくれない。

「気になって仕事なんてできません。教えてください」

再度、促してみる。

「……本当にごめんなさい。私が悪いの」

柏木の母は、話してくれた。

換気のために開けていた窓から、ラクシュが外に出て、帰ってこなくなってしまったのだという。

「普段は窓が開いていても、ラクシュが外に出ることはないんだけれど。ラクシュが賢《かしこ》いことに甘えて油断したわ……どうしましょう。迷子になって帰ってこないかも」

愛猫ラクシュがいなくなってしまい、柏木の母は泣き崩れる。

「優一さん、優一さんにはまだ連絡していないですか？　できれば、しないでいただきたいです」

こんなの柏木が聞けば、試験を放り出して、捜しに行きそうだ。

全力を尽くして落ちたのであれば、後悔はないだろうが、あんなに頑張っていたのに試験を放棄するのは可哀想《かわいそう》だ。

「優一には、電話したけれど……電源を切っていて繋がらなかったの」

よかった。もう試験が始まっていたのだろう。

電源を切っていてくれてよかった。

「お母さん。私、モドキたちと一緒に捜します。マロンにラクシュの匂いがついているものを嗅がせて、捜してもらいます。用意しておいてください」

人間には見つけられなくても、モドキとマロンなら分かるかもしれない。

柏木の大切なラクシュがいなくなって、仕事なんてしていられない。

繁忙期でなくてよかった。今日ならば、まだ抜けられる。

私は、早退届を出して、会社を後にした。

「モドキ、協力してくれるよね？　お願い」

帰宅しながらモドキに連絡する。

「薫、猫が突然姿を消す。その理由は、分かるよな？」

モドキは以前に言っていた。

飼い主に自分は必要ないと判断したとき、出ていってしまうのだと。

「でも柏木家には、ラクシュは必要でしょ？」

「うむ。猫が家を出るときは、もう一つ理由がある……死期を悟《さと》ったとき」

聞いたことはある。

「ラクシュは、聡明な猫。だから、ラクシュにはラクシュの考えが……」

「そんなの……そんなの駄目《だめ》。嫌だ！　最期《さいご》の一瞬まで一緒にいたいに決まっているでしょ？」

私の我儘《わがまま》なのかもしれない。だけれども、そんな美学は認めたくない。理屈じゃない。

「分かった。捜すのは手伝う。だが、ラクシュを説得できるかは知らんぞ？」

ため息まじりに、モドキはそう言った。

絶対、捜し出す！　そして、絶対家に帰るように説得する！

だって、ラクシュはあんなに柏木に、家族に愛されているのだ！

マロンが、ラクシュ愛用のクッションの匂いを嗅いで捜索を始めてくれる。

空には、モドキが呼んでくれた岡っ引きカラスと、その仲間が旋回《せんかい》している。

ラクシュは、白い長毛種。きっと歩いていれば目立つだろう。

柏木のご両親は、私とは別の方法で捜索している。

ご近所の知り合いをあたり、保健所や警察に連絡を入れて、それらしい猫が運び込まれたら教えてもらえるように、お願いをしに行っている。

私はモドキとマロンの力を最大限に生かして、動物にしかできないやり方で探索をする。

マロンは一生懸命匂いを嗅いでラクシュを捜す。

「ワン」

マロンが困っている。

目の前には塀がある。猫は人間の通れない道を通る。塀の上や床下なんかも猫にとっては道になる。

たぶん、ラクシュはこの塀を越えて向こうに行ったのだろうが、人間の私やマロンでは通ることができない。

「ニャア」

モドキが声を掛けると、一匹の野良猫《のらねこ》が出てきた。

じっとモドキを見て、くるりと踵《きびす》を返す。

「この猫の縄張りを、今朝白い猫が通ったそうだ。どっちへ行ったか案内してくれる」

モドキがスッと塀にのぼり、野良猫《のらねこ》の後を追う。

「抜けた先で連絡を入れるから、少し待っていろ」

モドキが、そう言って、私たちを待たせて姿を消す。

しばらく待っていると、モドキから連絡が入った。

「普通の道に出た。カラスに案内させるからついてこい」

モドキにそう言われて周りを見ると、一羽のカラスと目が合った。

カラスが「カア」と鳴く。案内されるまま、人間も通れる道でモドキのところへ向かう。猫の道が使えないとずいぶん遠回りになる。

モドキと合流して、またマロンが捜索を再開する。

同じようなことを何度も繰り返した先に、思わぬ障害があった。

……道路清掃だ。道に水が撒《ま》かれていて、憎らしいくらいに綺麗《きれい》になっている。

「マロン……」

「クウン」

何度行き来しても、マロンは、匂いを追えないようで困っている。

上空のカラスからの情報はない。近所に猫もいないようだ。

……どうしよう。手がかりが途切れてしまった。

通りすがりの人間に声を掛けてみても、白い猫は見ていないと言われてしまった。

ラクシュが見つからない。

もし、このまま見つからなければ、ラクシュはどうなるのだろう？

恐ろしい想像が、頭の中によぎっては消える。

困り果ててその場にへたり込む私の背中に、ノッシと大きな肉球が乗る。

ヘッヘッヘッと陽気な息遣い。朗《ほが》らかな大きなゴールデンレトリバー。

「あら、どうしたの？」

にこやかなお婆《ばあ》さんが、高校生くらいの男の子と現れる。

「今、白い長毛種の猫を捜していまして……」

私がお婆《ばあ》さんにラクシュのことを尋ねようとしていると……

「ニャーン」

モドキがゴールデンレトリバーに一声鳴いた。

モドキの言葉を聞いて、ゴールデンレトリバーが大きな声で遠吠えをする。

……なんだろう？

しばらくしてから、近所のワンコたちが遠吠えの大合唱を始める。

何？　何を話しているの？

辺りに響き渡る犬の声。尋常じゃない状況だ。

「すげえ。なんだこれ」

お孫さんと思《おぼ》しき男の子が、奇妙な様子に言葉を漏《も》らす。

「こうやって、遠くの犬と会話しているのよ」

お婆《ばあ》さんは平然としている。

室内にいる犬、散歩中の犬、この付近にいる犬たちがみんな吠えているみたいだ。

しばらくワンコたちの会話を聞いていたモドキが、無言で歩き出す。

ラクシュの情報を得られたのだろうか。

「あ、ありがとうございます。失礼します！」

慌《あわ》てて、私はマロンを連れてモドキを追う。

お婆《ばあ》さんはにこやかに手を振ってくれて、ゴールデンレトリバーは陽気な顔でこちらをじっと見ていた。『頑張ってね』と励ましてくれているようだった。

「薫、こっちだ……ほら、見つけた」

モドキに言われて、植え込みの下を覗《のぞ》く。

具合の悪そうなラクシュが、そこで目を閉じてじっとしていた。

「ラクシュ！」

私が声を掛けると、ラクシュはゆっくりと目を開けた。よかった。生きていた。

ラクシュがチラリとモドキを見る。

「すまんな。ちょっと話を聞いて……か、薫？」

モドキがラクシュに何か言おうとしていたが、そんなの待っていられない。

むんずとラクシュを掴んで、用意しておいたキャリーバッグに突っ込んで、扉を閉める。

「話は、後！　今は一刻を争うの！　マロン！　モドキ！　走って！」

私は走り出す。行き先は、おソノさんの動物病院。

「こいつ……しょうがないな」

モドキがため息をつく。モドキが柏木の両親に連絡を入れ、途中で合流して、車に乗せてもらう。

動物病院では、柏木の母から連絡を受けたおソノさんが待っていてくれた。

「源助……いや、モドキ。手伝って！　ラクシュの言葉を正確に伝えてくれ！」

おソノさんに言われて、モドキがラクシュと一緒に診察室に入っていく。

モドキなら、どこが痛くてどんな症状なのかを、おソノさんに正確に伝えられる。

おソノさんの言葉も、ラクシュに正しく伝えてあげられるだろう。

柏木の両親は、おソノさんに途中で帰されてしまった。待合室でウロウロと落ち着きなく歩きすぎたのだ。

……飼い主が帰されたということは、命は大丈夫ってこと？

私はマロンと二人で、待合室でじっと待つ。

コツン。

ガラスを叩く音がして振り向くと、カラスがいる。岡っ引きカラスだ。

「ありがとうね。助かった。今度、改めてモドキとマロンと一緒にお礼をしに行くよ」

私は外に出て、カラスに礼を言う。

カラスは縦に一度首を振って、満足そうに飛び立った。

今度会ったら、また鮪《まぐろ》のぶつ切りをご馳走しなければ。

「か、薫さん！　薫さん！　ら、ラクシュ、ラクシュ……ええっと、薫さん！」

タクシーから降りた柏木が、大混乱のまま走ってくる。

久しぶりに会う柏木の顔は、涙でぐちゃぐちゃだ。

試験が終わってからメールに気づいて、慌《あわ》てて返信して大混乱のままタクシーに飛び乗った、というところか。ギュッと抱きしめられる。

「会いたかったです！」

「いいから、今はラクシュが！　早く行って！」

び、びっくりした。まだ心臓がバクバクしている。不意打ちはやめていただきたい。

柏木は慌《あわ》てて診察室に入っていく。

専門知識のある柏木なら、おソノさんの助手として、診察室で役に立つだろう。

柏木が診察室に消えてしばらくして、おソノさんとモドキが出てくる。

「なんとかなったよ」

おソノさんがニコリと笑う。

「あ、ありがとうございます」

私は、おソノさんに頭を下げる。

「礼を言うのはこっちだよ。ラクシュを捜し出してくれて、モドキを貸してくれて、ありがとう」

「儂《わし》には礼はないのか？　おソノ？」

「モドキが、正確にラクシュの病状を説明してくれて、私の言葉をラクシュに伝えてくれた。だから高齢のラクシュでも、負担なく手術ができたんだ。本当にありがとう」

おソノさんが、モドキと私に頭を下げて礼を言う。

キャリーバッグの中で眠っていたマロンは、いつの間にか起きていて、それを見てワンと鳴く。

「マロンもありがとうね。マロンの鼻がなければ、追跡なんてできなかったもの」

私がマロンに礼を言うと、マロンが『当然でしょ？』とおすまし顔をする。可愛《かわい》い。

「優一さんは？」

「ラクシュとずっと話をしている」

「モドキ、通訳はしないの？」

「無粋だな。そういうところだぞ、薫」

私の言葉に、モドキがフッと笑う。

どうしてこういうときですら、この猫は一言多いのか……

# 第五章　拾ったのは大きすぎるくらいの幸せかもしれない

国家試験が終わってから、初めての休日。

ようやく手に入れた時間で、モドキとマロンと柏木と、私の部屋のコタツでゆっくり話をする。

モドキとマロンは、柏木が買ってくれた猫じゃらしで仲良く遊んでいる。

モドキの振る猫じゃらしを、マロンが追い掛けるという、猫じゃらしの使い方として正解かどうか怪しい遊び方だが、楽しそうだからいいか。

「ラクシュの容態はどうなの？」

「回復して、今はもう退院して実家に帰っています。あのときは本当にありがとうございました」

柏木がもう何度言ったか分からない「ありがとうございました」を繰り返す。

「いいよ、もう。どちらかといえば、私よりもマロンとモドキの功績だし」

「いいえ。薫さんがあのとき行動してくれなかったら、ラクシュは死んでいたんです。なんというかその……薫さんのそういうところが、憧れるというか、カッコイイというか」

柏木が真っ赤になって照れながら、私を褒《ほ》めてくれる。

可愛《かわい》い。もっと聞かせて。ほら、頑張って。

恋人が可愛《かわい》くて、私はつい、いじめたくなる。

ゼミの友人だという西島さんが、柏木を玩具《おもちゃ》にしたくなるのも分からなくもない。

「そういえば、薫。これからのことどうするんだ？」

「え？　これから？」

モドキの言葉に首を傾げる。

これから……婚約したんだし、婚姻届をいつ出すとか？

でも、そんな話はまだ早いよね。

「薫の両親への挨拶《あいさつ》、結納、結婚式をするならその準備、それから……新居の用意……」

モドキがつらつらとやるべきことをあげていく。

「結納ってなにするんですか？」

モドキの話を聞いて、柏木が質問する。

「結納品を渡して飾る……大変じゃぞ。結納金、するめ、昆布《こんぶ》、高砂人形《たかさごにんぎょう》なんかを床の間に飾るんじゃ」

床の間？　そんなのありませんが？

なんか、それ飾ってどうなるの？　というものが多い。

たかさごにんぎょう？　何それ⁇

スマホで調べてみると、掃除用具（熊手とか）を持った老夫婦の人形が出てくる。縁起物《えんぎもの》らしい。

……正直いらない。何に使うの？　それは結納だけど……

結納の瞬間だけ使う人形。想像した通り、ネットでは結納が終わった後、高砂人《たかさごにん》形《ぎょう》の処分に困った人の投稿がチラホラ見られる。

困っていない人は、押し入れの奥にでも仕舞い込んでいるのだろうか？　存在自体忘れていそうだ。

そもそも結納自体、いらないような気がする……

そんなことを考えていたら、モドキとマロンは遊び疲れて休憩してしまった。

「可愛《かわい》い……」

目の前に、とてつもなく可愛《かわい》い物体が転がっている。

窓際の日向《ひなた》になったところで、へそ天をして仰向けに眠るモドキ。

その横にピッタリ寄り添って、モドキの真似をして、へそ天で眠るマロン。

完全にリラックスして眠るモフモフたち。

触ると、モフモフの体がお日様に温められてポカポカだ。

撫《な》でてもそのまま二匹とも眠り続けている。

……吸う？

柏木一族がいつもしている行動。猫に顔をつけて毛の匂いを嗅ぐ行為。

そういう趣味の人もいるのね、と見るだけにしていたが、このフワフワでぽかぽかなのは、吸ってみたくなる。

越えてはならない一線のような気がしないでもないが、どうだろう。

いや、でもこのまま話が進めば、私も柏木家の一員になるのだから、今後も円満に生活していくためには、柏木家の風習は体験しておくべきなのでは……

試しに二匹の間に顔をうずめてみる。

顔全面がモフモフして気持ちいい。あったかい。人肌で温まった、触り心地のいい毛布のような感覚。いや、それ以上か？

猫の体温も犬の体温も、人間よりも高い。

ぬるめのお風呂に顔をつけたような温かさは、思った以上に心地よい。

思い切って、そこで呼吸してみる。

動物の独特な匂いがする。臭い……と、動物嫌いな人なら思うかもしれないが、得も言われぬ安心感のある匂いなのだ。きっと動物好きなら共感してもらえると思う。

こ、これはハマるかもしれない……

結論、猫だけではない。犬もお吸い物なのだ。

「うわ、薫！　何をしておる。寝首を掻《か》くとは卑怯な！」

モドキが気づいて文句《もんく》を言う。

「いいじゃない。優一さんだって吸うじゃない」

「そんなところは真似なくてもよい。全く」

モドキが私の吸っていた辺りをテチテチと自分で舐《な》めて、毛づくろいする。

いや、勝手に吸った私が悪いんだけれども、そこまで嫌がらなくてもいいのに。

「ねえ、じゃあ、ちゃんと言ってからだったら、私も吸っていい？」

「ええ～？　まあそれならば……」

モドキがしぶしぶ了承してくれる。

マロンはモドキが起きた後でも、まだ気持ちよさそうに寝ている。

時々、プルプルと手足を動かしながら、へそ天で眠るマロンは、とても幸せそうだった。

◇◇◇

それから数か月が経ち、四月のある日。

林の中に設営されたテントの中。

小松と西島と僕は、動物の生態を調べる準備を進めていた。

無事に獣医師《じゅういし》の免許を取得したゼミ生たち。

綾瀬と鴨川は就職し、小松と西島と僕の三人は、大学院に進んで、相も変わらず共に研究を進めている。

麻酔銃を抱える西島の姿は勇ましい。これから、麻酔銃で眠らせた動物にGPS首輪を装着して、その行動範囲を調べようとしているのだ。

サバゲー好きの西島が銃を構える姿は、小松や僕よりもよっぽど様になる。

僕らの恰好は、揃いの迷彩服。

フィールドワークをするならば、お揃いの迷彩服を作ろうと言ったのはサバゲー好きの西島。

まあ、動きやすいしいいけれど、気合が入りすぎてキャンプ場ですれ違う一般人に時々ドン引きされてしまうのは誤算だった。

「リア充、結婚準備は順調に進んでいるの？」

「順調とは……いつまでに何をという、締め切りのようなものは決めていませんので、のんびり進めています。まずは薫さんのご実家に行ってご挨拶《あいさつ》して、許可をいただいてからですかね」

西島の言葉にそう返す。

許可……出るのかな？

獣医師《じゅういし》の免許は取ったものの、まだフラフラと研究を続けている自分を、認めてもらえるのかどうか。

おソノ婆《ばあ》ちゃんの動物病院を将来継ぐ話は出ている。だから時間のあるときは、おソノ婆《ばあ》ちゃんの動物病院で働き、バイト料はそれなりにもらっている。

だが、社会人からしたら微々たるものだろう。

薫さんのご両親に認めてもらえずに、追い帰されたりするかもしれない。

「挨拶《あいさつ》に麻酔銃……必要だな」

西島がボソリとつぶやく。

「え？　さすがにいらないですよ。何に使うんですか？」

どうして結婚のご挨拶《あいさつ》に行くのに、麻酔銃が必要なのか。意味が分からない。

「だって、向こうからしたら、柏木は未知の外来生物でしょ？」

「……外来生物……」

「おお、そうだ。行動を確認するためにGPS首輪を装着せねば」

小松までそんなことを言う。

待て。ということは、麻酔銃は僕に使われるということになる。

「生態を知ってもらうことで理解も深まり、許可が出るかもしれないし」

「僕の活動範囲なんて、ほぼほぼ家と大学、バイト先とたまに実家……超極狭《ちょうごくせま》。調べても面白くないですよ」

あとは薫さんの家。でも隣の部屋だから、ＧＰＳだとうまく位置情報が出ないかもしれない。

「モドキちゃんは？」

「へ？　モドキちゃん？」

そういえば、以前にモドキちゃんから電話がかかってきたときに、西島に名前を見られたんだった。

「そうだ。マニアなキャバクラに出入りしているんだろう？」

モドキちゃんが接客してくれるキャバクラ……それは、もう猫カフェ。楽しそうな店だ。

いやいや、みんな何をどう誤解しているんだ。

「ネタは上がっているんだ。柏木優一」

まるで戦犯のように、西島に追及される……なんて言い訳しよう……

結局、言い訳はとても苦しいものになった。

モドキは『もとき』の打ち間違いを、そのままにしているだけ。

薫さんの親戚の男の子で、時々家に遊びに来ている……的なことを言ってみた。

だが西島も小松も、棒読みの僕の言葉を怪しみまくっていた。

疲れる……

テントを出て、一人外で休憩する。

夜のキャンプ場。デイキャンプの客がいなくなり、閑散としている。

ハイシーズンになれば、こんな設備の古い人気のないキャンプ場でも、それなりに人が増えるのだろう。

しかし、この時期に夜キャンプをするのは、僕たちのような研究者か、よっぽどマニアなソロキャンパーぐらいだろう。

「あれ？　……柏木さん？」

声を掛けられて振り返ると、見たことのあるイケメンが立っている。

「水島さん……」

僕は慌《あわ》てて挨拶《あいさつ》をする。

キャンパー御用達《ごようたし》のハイブランドのウインドブレーカーを着こなす水島さんは、にこやかにこちらに近づいてくる。

「柏木さんもソロキャンですか？」

そう聞いてくるということは、水島さんはソロキャンパーなのだろう。

「あ、いえ、違います。外来生物の生態調査で、仲間と機材を設置しに来たんです」

僕は自分たちのテントを指さす。

キャンプサイトよりも奥のほうに張られたテント。

「へえ。すごいですね。迷彩服も似合っていますよ。なんだか、大人しそうな柏木さんが着ると、意外性があっていいですね。可愛《かわい》いです」

水島はそう言いながら、僕の隣に座る。

可愛《かわい》い？　僕が？

イケメンの水島さん。女性にモテそうだ。

女性を褒めすぎて、男に対して妥当な褒め言葉が見つからなかったのかな？

「はぁ、ありがとうございます」

よく分からなくて、曖昧《あいまい》に返事をする。

……しかし、近い。この人パーソナルスペースが狭いのかな？

「み、水島さんは、ソロキャンですよね?」

「ええ。オートキャンプで、飽きたら適当に家に帰る感じです。たまに、人のいない自然に囲まれた場所に行きたくなる瞬間ってありませんか? いいですよ。一人で焚火にあたって読書とか」

なるほど。こんなにパーソナルスペースの狭いフレンドリーな人でも、そういうときがあるんだ。

「見に来ます? どんな感じか?」

一人になるための空間。それは、とてもプライベートなものではないだろうか?

同僚の恋人だからと気を遣ってくれたのだろうか? 親切な人だ。

「いいえ。なんだか申し訳ないので、やめておきます」

僕は丁寧にお断りする。

「申し訳ない? どうしてですか?」

じっと水島さんが見つめてくる。呼吸まで感じられるようなすごく近い距離。

この距離でイケメンに見つめられると、どうしていいのか分からなくなる。

タンッ!

遠くのほうで銃声が響く。見れば、西島が銃を構えている。

「失礼。肉食獣にウチのヤギが襲われているみたいに見えたので」

西島が笑いながら、近づいてくる。

西島？　本当に空砲？　マジ空砲だろうな？

「ヤギどもの平和は、私が守らなければ」

ヤギ……ずいぶんバイオレンスなヤギ飼いだ。じゃあ、ヤギは僕のことだろうか？

メエ……

◇　◇　◇

は？　目が点になる。

会社の給湯室。

「昨日、辺鄙《へんぴ》なキャンプ場で偶然柏木さんとお会いしました。研究室のみなさんと野生動物の研究に来られていたようです」

水島がそんなことを言ってくる。

びっくりしてお茶をこぼしそうになったでしょうが。危ない。

「西島さんという女の子に、柏木さんを襲っていると思われたみたいで、麻酔銃を担ぎながら脅されました」

にこやかに水島は言う。

「麻酔銃……」

それは、またバイオレンスな。だが、助かった。ありがとう西島さん。

今度お礼に、西島さんがお気に入りだと、柏木が言っていた栗饅頭《くりまんじゅう》を買ってあげよう。

「あ、それって西島さんと優一さんの二人だけ？」

「いえいえ、小松さんという男の方も一緒で、三人でお揃いの迷彩服を着ていました」

「可愛《かわい》い……」

「でしょ？　とても可愛《かわい》かったです。だから、つい声を掛けてしまいました。ご報告です」

ご報告……えっと、それを聞いて私はどうしたらいいのか。

「駄目《だめ》だからね。柏木君はあげないからね」

とりあえず、牽制《けんせい》してみる。

柏木の新しい扉は、開かないで封印しておかねばならないのだ。

「もちろんです。声を掛けてみただけです」

そう言って、水島は給湯室から出ていった。

ちょっと水島の考えが読めない。こいつ、危険だ。

心のアラームが鳴っているが、恋愛に疎《うと》い私には、それ以上何をどうすればいいのか分からない。


メールで柏木に確認してみると『ええ、お会いました。少しお話ししました。ソロキャンされていたみたいですよ』と、まるで警戒していない様子。

どうして、そんなことを聞くのだろう？　くらいに思っていそうだ。

『水島君は、優一さんのことを』と途中まで打って、手が止まる。

こんなの送っていいのだろうか？　送ってどうなるというのか？

パターン一。『え、まさか。それはないでしょう』と一蹴《いっしゅう》される。

ありえる。これが一番可能性が高い。

パターン二。『あんなイケメンが、僕を?』と、禁断の扉が開いてしまう。

これは絶対避けたい。最悪だ。

パターン三。『そんな邪推するなんてよくないです』と叱られる。

あるいは軽蔑《けいべつ》される。うーん。可能性は低いけれども、それは嫌だな。

駄目《だめ》だ。全くいい結果が想像できない。これはよくない。

『会社の人だし、会ったときには教えてね』と、結局当たり障りのない連絡しかできなかった。

『はい』と、いい返事が柏木からすぐ届いた。

◇◇◇

天気のいい休日。モドキとマロンと散歩に出る。

平日は、モドキとマロンはどうしても家に閉じこもりがちになってしまうから、時間のあるときには、こうやってちょっとしたお出掛けも楽しみたい。

自転車でドッグランのある公園に行って、マロンをドッグランに放す。

他の犬とも仲良くじゃれ合って遊んでいて可愛《かわい》い。

犬の中には、他の犬との接触を嫌う子もいるが、マロンはどうやら社交的な犬のようだ。

モドキはドッグランの側で、私と一緒に犬たちを眺める。

「あのリスは、また犬を揶揄《からか》って遊んでいるの？」

木の上からリス二匹が犬たちを眺めているのを見て、モドキに聞いてみる。

その下でワンコたちも騒いでいる。喧嘩でもしているのだろうか？

「いいや、あのリスたちは前のやつとは違う」

違うんだ。じゃあ、何をしているんだろう……

「あのリス、オタクだ」

「おたく……」

「あのボルゾイがお気に入りのようでな。あの犬に歓声を上げている」

「はぁ」

「ええっと『こっちみて～』『ウィンクして～』なんて声掛けをしている。ボルゾイはそれに応えてファンサをしている」

「ふぁんさ……」

ずいぶん楽しそうだ。ライブみたいになっている。

殺伐（さつばつ）としていなくてよかった。今日はとても平和だ。

「あのボルゾイ、なかなかのイケメンだな。ドッグランの犬たちの中にも、ファンが数匹。ボルゾイの周りを囲むのは、警備員気取りのシェパードとボーダーコリーだ」

……思ったよりも本格的だ。

みんなでライブごっこでもやって遊んでいるのだろうか？　可愛《かわい》いな。

「マロンのやつめ……すっかり夢中だ」

はぁ、とモドキがため息をつく。

マロンがボルゾイを見て、ポウッとしている。

魂が抜けたように微動だにせず、ボルゾイを見つめている。

「推し活中の薫にそっくりだ」

マジか、あんな感じか。完全にトリップしているな。

というか、モドキに言われたくないかも。

モドキだって、将軍様を見つめるときは、目を輝かせているではないか。

ま、まさか、これが飼い主に似るという現象なのだろうか？

なるほど、状況は理解した。

私はマロンのためにボルゾイの写真を撮り、動画を撮影する。

推しを愛する気持ちが分からない私ではない。

できる限りの協力はするのだよ。

◇　◇　◇

五月の連休。柏木の運転する車に乗って、私の実家に向かう。

後部座席では、モドキとマロンが楽しそうだ。

マロンは私が撮ってあげた、ボルゾイのカイル君の動画に釘付《くぎづ》けだし、モドキは動画に合わせて、サンバを歌っている。

「緊張しますね」

車を運転する柏木が、そうつぶやく。

「そう？　大丈夫だから心配しないで」

私の両親が反対をすることは、まずないだろう。

成人した娘が自分で決めた結婚。

反対してどうなるものでもないことぐらい、両親も分かっているはずだ。

しかし、もし揉めたら私が柏木を守らなきゃ。

そう決意を固めて、到着した実家に足を踏み入れる。

田舎の家。両親と高校生の弟が同居している。動物は飼っていない。

「ただいま〜」

私が玄関でそう声を掛けると、バタバタと走り出てきたのは、弟の諒太《りょうた》だ。

「あれ、ワンコとニャンコは？」

『おかえり』も『いらっしゃい』もなく、初っ端にそれかい。

「まだ車にいる。まず家の中を片づけてから連れてくるから」

動物をほとんど飼ったことのない家だから、何が落ちているか分からない。

まず、モドキとマロンが過ごす予定の、私の部屋を点検しなくては。

諒太は私にも柏木にも目もくれず、車のモドキとマロンを見に行ってしまった。

「あら、いらっしゃい」

奥から母が出てきて、挨拶《あいさつ》をしてくれる。

……母よ。なんで、普段使いの割烹着《かっぽうぎ》？

もっとほら、婚約者をお迎えする服装ってものはないのか？

「柏木優一と申します。薫さんとお付き合いをさせていただいています……本日は、お忙しいところお時間をいただき恐縮です」

柏木が深々と頭を下げる。

「あら、いいのよ。そんなかしこまらないで」

「お父さんは？」

「それがねぇ。落ち着かなくって、散歩に出ちゃったのよ」

は？　散歩？　娘が婚約者を連れてきて、今後の話をしましょうってときに？

ここは、落ち着かなくっても、家にいるものでしょうが！

「だから、お父さんが帰ってきてからお話しするから……そうね、それまで薫の部屋でくつろいでいてよ」

ハハハと笑う母。

どうして、こう平常運転なのだろう、うちの家族。

どうしよう……と怯えた目の柏木が可哀想《かわいそう》だ。

家の中を片づけてから、私の部屋で、モドキ、マロン、柏木、諒太で遊ぶ。

諒太はモドキとマロンを気に入って、猫じゃらしを振りまくっている。

モドキとマロンは、それに応じて、遊んでくれている。

諒太は猫と犬と遊んであげている気分なのだろうが、実は全くの逆。

モドキとマロンが、気を遣って諒太と遊んでくれているのだ。

「薫、いいなぁ」

弟は私のことを呼び捨てにする。

馬鹿にされているような気もするが、さして尊敬されるようなこともしていないので、そのまま受け入れている。

「あ、そうだ。薫、昔のアルバムとか柏木さんに見せてあげたら?」

こ、こいつ余計なことを!

柏木にアルバムを見せる。そんなこと……マジか。

以前、柏木の実家を訪問したときに、柏木の昔の写真は見せてもらった。

ラクシュと一緒に写っていて、とても可愛《かわい》かった。

だが、私の写真を見せるの？　ええ……

柏木のご両親が『ウチの子とウチの猫、最高！』というコンセプトで撮った、柏木の写真とは全く違う。

私は『後で見返したときに面白いように』というコンセプトで撮影をしていて、変顔や変なポーズを撮っている写真が多い。

このパンドラの箱には、あらゆる厄災（変顔）が詰め込まれている。

「見たいです。駄目《だめ》ですか？」

柏木がおずおずと聞いてくる。

「ちょっと、お見せできるレベルではないので……」

できれば断わりたい。そして、過去の自分に教えてあげたい。

楽しく変顔で撮るのはいい。友達も喜んでくれた。

だがな、薫。写真とは、後で他の人に見せる可能性があるのだよ。

だから、普通に撮ったアルバムも作っておくべきだ。

いつ過去の恥がさらされるかなんて、分からないのだから……

「いいだろ、もったいぶって！」

諒太が勝手にアルバムを引っ張り出して、広げる。

そこにあるのは私の黒歴史。友達とふざけて撮った本気の変顔の数々。

モドキとマロンまで覗《のぞ》き込《こ》んでいる。

諒太はゲラゲラと笑い、モドキとマロンの視線が痛い……

「なんだか面白いですね」

にこやかに柏木がそう言った。その穏やかな笑顔が、心に鋭く刺さる……

諒太め。後で覚えていろよ。


夕食の時間、ようやく帰ってきた父も一緒に出前を食べる。

鰻《うなぎ》なんて久しぶりだ。

モドキとマロンは、私の部屋で食事をしている。

気を遣ってさんざん諒太と遊んでくれていたから、二匹だけでゆっくり食事をとったほうが、モドキとマロンのためにもいいだろう。

ダイニングに、父と母と諒太、柏木と私。みんなで囲む食卓。

地元の人たち御用達《ごようたし》の小さな鰻屋《うなぎや》。お祝いのときにはよく頼む、この馴染み深い味。

ふっくらした小ぶりの鰻《うなぎ》も、タレの味も、昔から変わらなくて懐《なつ》かしい。

前に食べたのは、諒太の入学祝いのときだっけ？

「マジ、柏木さん毎日来てほしい。鰻《うなぎ》を食べられるし」

諒太はモドキとマロンに遊んでもらって、さらに普段食べないようなご馳走にありつけて上機嫌だ。

「馬鹿だね、諒太は。毎日なら、鰻《うなぎ》なんて頼むわけないでしょ？　たまにだからよ」

母は楽しそうに笑っている。

若干母のテンションが高めなのは、柏木が来て多少緊張しているからだろう。

そして、父は一言も話さない。黙々《もくもく》と鰻《うなぎ》を食べる。気まずい。

「あの……お散歩どのくらい行かれていたんですか？」

柏木が、気を遣って父に尋ねる。

「まぁ、その辺」

ポツリと父が答える。

「よく散歩に出られるのですか？」

「いや、別に」

柏木が気を遣って父に話を振っても、バッサリと切られてしまう。

いや、仲良くしようよ。

柏木が私との結婚に消極的になってしまったら、どうしてくれるんだ。

一生恨んで末代まで呪うよ？　てか、末代は今のところ私と諒太だけれども。

「お、お父さんは、散歩が趣味なのよね。よく私と諒太も連れていってくれたよね？」

とにかく話題を作らなければと、私は話を広げる。

「そうだよな。小さい頃は、よく神社に蝉取《せみと》りとか……」

諒太も協力してくれる。

姉のピンチに気づいてくれたか？　そうだよね。諒太としても、柏木との仲がうまくいかなくなったときのほうが困るよね？

柏木と別れた後の私を慰《なぐさ》める役なんてしたくないよね？

「今は、別に……」

本日の父は、会話する気はないようだ。

父は自分の分の鰻《うなぎ》を食べて、さっさと自室にこもってしまった。

「嫌われてしまったでしょうか？」

申し訳なさそうな柏木。申し訳ないのは、こっちです。

「放っておいて平気だから、気にしないで」

母はそう言うが、気にしないわけがないだろう。

「そうそう、どうせ薫は人の言うことなんて一ミリも聞かないんだから。お父さんは結婚に反対なのかもしれないけど、不機嫌になったって無駄《むだ》なのにね」

諒太が余計なことを言う。柏木、本当にごめんね。

全く、なんなんだ。あのクソジジイは！

◇◇◇

薫さんの実家に泊まる。

モドキちゃんとマロンちゃんと薫さんは、薫さんの部屋。

僕は客間に布団を用意してもらって就寝する。

田舎の夜、蛙《かえる》の声が相当うるさい。

ボモーボモーとウシガエルの声。ずっと鳴き続けているのは、カジカガエルだろうか。

薫さんも家の人も、みんな慣れているのか平気で寝ているようだ。

鳴いている蛙《かえる》の姿を想像すると可愛《かわい》い。モドキちゃんがいれば、どんな会話をしているのか教えてもらえるのに……

明日、帰るときにでも教えてもらおう。

扉を遠慮がちに叩く音に気づいて、起きて開けてみると、お父さんが立っていた。

「少し、話そう」

お父さんに言われて、他の家族が寝静まった家の中、ダイニングへ向かう。

促されて椅子に座ると、お父さんがテーブルを挟んで前に座る。

なんだか、面接試験のようだ。

「何か飲む？」

お父さんに言われて、僕は首を横に振る。

「いいえ。その……お酒も体質的に飲めませんし」

僕の言葉に「そうか……」と少し残念そうなお父さん……申し訳ない。

「薫、料理もできないし、掃除もそこそこ。ガサツだし、人の話も聞かない。酒はよく飲むし……」

唐突に話し出したお父さん。なんだか、ずいぶん相槌の打ちにくい内容。

ここで『そうですね』と言えば、薫さんの悪口になるし、『そんなことないです』と言えば、お父さんの話を否定したことになる。

黙《だま》って聞いていると「だがな、案外いいやつなんだ。あれは」と、お父さんが話を締めくくった。

「結婚するんだろう？　いつ？」

「それは、これから薫さんと相談して決めようと思っています。まずご両親にご挨拶《あいさつ》をして、許可をいただいてから話を進める気でいました」

「ふうん。そうか……」

それだけ言って、またお父さんは黙《だま》ってしまった。

沈黙《ちんもく》が辛い。

外の蛙《かえる》の鳴き声が、やたら大きく聞こえる。

どうしよう。駄目《だめ》ってことだろうか？

もっと、キチンと計画を練ってから出直してこい的なことなのだろうか？

叱られるのを覚悟で、じっと待っていると――

「まあ、詳細が決まったら、連絡だけ頼む」

お父さんは、それだけ言って、「じゃあ、おやすみ」とダイニングを出ていってしまった。

どういうことだろう？　許可してくれたってこと？

客間に戻って布団に入っても、なかなか寝付けなくて困った。


朝、起きて朝食をいただいたときも、お父さんは散歩に出ていていなかった。

近くのパン屋で買ってきたというパンとジャム、いろいろな種類のスープの素がテーブルの上に並ぶ。好きなスープを各自で選んで、お湯で溶くシステムだ。なんだか合理的だ。

「ごめんなさいね。お父さん、気まずいみたいで逃げちゃった」

薫さんのお母さんは、そう言って笑っていた。

「敵前逃亡《てきぜんとうぼう》ってやつ？」

諒太君が笑う。

「マジ、許せん」

薫さんがムッとしている。

あとで、昨日二人きりで話をしたことを伝えよう。

もし、将来自分に娘ができて彼氏を連れてきたら、僕もお父さんのように顔を合わせるのが気まずく感じるのだろうか？

「お父さん、いい人ですね」

僕がぽつりとそう言うと、薫さんが目を丸くしていた。

帰りの車の中、昨日の夜にお父さんと話をしたことを、薫さんに報告する。

「は？　意味が分かりませんが？　なんで夜中に？　何してんの、あの親父《おやじ》は？」

そう言いながら、薫さんは怒《おこ》っていた。

「でも、お父さんなりに認めてくれたのかな？」

僕は苦笑いした。

「娘の結婚に思うところがあるんじゃろう。察してやれ。薫」

モドキちゃんが薫さんを宥《なだ》める。

「それよりも、あの蛙《かえる》たち。夜通しミュージカルの練習をしていてうるさかった」

モドキちゃんがそう言いながら、大きなあくびをした。

とりあえず、薫さんのご両親には反対されなかったし、このまま結婚を進めてよいのだろう。

いつ入籍しよう。結婚式って、薫さんはどんな風にやりたいのだろう？

どうやって生活しよう……

未来のことを想像して、口元が緩む。

◇　◇　◇

六月のある日。

私とモドキとマロンと柏木。それとおソノさん。

私たちは、おソノさんの動物病院に併設された、自宅の客間にいた。

日のあたる畳の部屋。飾り気はなく座布団が数枚と、黒い大きなテーブルが置かれている。

今日は、どうしても一度話をしておかないといけない人と会うために、ここに来た。

綾小路絹江。モドキの元の飼い主。モドキを亡き伴侶、源助の生まれ変わりだと思っていた人。

ラクシュが突然いなくなった事件からずっと考えていた。

やっぱりペットが目の前からいなくなるのは辛い。

このままモドキが私と生活をするとしても、一度絹江とは話をしておいたほうがいい。ぶん殴られたらどうしよう。泥棒呼ばわりされるだろうか？

どんな人か分からないから、ドキドキする。

確か海外旅行に行こうとしたり、ご飯を何杯も食べたり、バリバリ元気なお婆《ばあ》さん。ド派手な服が好きだとか……どんな話をするのか想像もつかないな。

「そんな緊張しなくても……悪いやつじゃない」

緊張して固まる私を見て、おソノさんがそう言ってくれる。

「まあ、何かしでかしたら、おソノが叱るし」

モドキもフォローを入れてくれる。

「本当、絹江は小さい頃から手がかかる子でね。源助さんと結婚するときにも大騒動。まず、絹江が源助さんに惚《ほ》れて、告白するだの、話をしに行くだの、いちいち騒いで。結婚してからも、源助さんがどれだけ素敵かを毎日報告しに来るし、やかましいやつだった」

おソノさんが昔を思い出して、ため息をつく。

なんだか可愛《かわい》い人だな。しかし、ずいぶんパワフルな人っぽい。

「源助さんが死んでからは毎日泣いて、そのまま死んでしまうのではないかと思うくらいに、みるみる弱ってしまった。それから、モドキを見つけて……」

おソノさんがチラリとモドキを見る。モドキは悠然と座っている。

「きっと源助さんが自分を心配して戻ってきてくれたんだと、また大騒ぎしてね」

「絹江は、源助を溺愛しておったからな」

おソノさんの言葉に、フフッと笑うモドキ。

「元気になったら、海外に行きたいと言っていた。どこだったか、パリのシャンゼリゼ通りで踊ってみたい、イギリスでビッグベンを鳴らしたい……まあ、いろいろだな。儂《わし》がおったら、絹江は夢を叶えられんだろう？　だから、姿を消した」

モドキが平然と言う。

どの夢も、簡単には叶いそうにない気がするのだが。破天荒なお婆《ばあ》ちゃんだ。

絹江はどうして今、日本にいるのだろう。一時帰国中とか？

「げ、源助さん！」

突然、バタバタと大きな音がしたかと思ったら、大きな声が近づいてくる。

「まずいな、エンジン全開だ！」

モドキが物陰に隠れる。

バーン！

すごい勢いで、襖《ふすま》が全開になる。真っ赤なジャケットを羽織ったお婆《ばあ》さんが、入ってきた。

「絹江！　静かに！」

おソノさんが叱る。

「源助さん！　源助さんはどこ！」

元気な絹江。ねぇ、本当に前は、死にそうなほど弱っていたの？

「あら～！　優一君、大きくなったわねぇ！　覚えている？　こんなに小さかった頃に、抱っこさせてもらったのよ！　そのときに優一君びっくりして泣いちゃって！」

モドキの姿を見つけられなかった絹江は、柏木を襲う。

「き、絹江さん、お久しぶりです。頼むから落ち着いてください」

ポンポンと肩や背を叩かれて、柏木はオロオロしている。

「あ、あの、私、優一さんの婚約者で……」

私は柏木を助けようと、絹江の気を逸らしてみる。

そう、絹江に会いたいと言ったのは私だ。だから、私が話をしなければならない。

「あら、まぁまぁまぁ！　じゃあ、あなたが薫さん！　まぁ～、よさそうなお嬢さん！　あなたね、源助さんが行き倒れていたのを助けてくださったのは！　ありがとうございます～！」

両手をぎゅっと握られて、高速で上下に揺さぶられる。これは、きっと握手。

勢いはもはや握手ではないが。

ブンブンと音が鳴りそうなくらいに揺さぶられる私の両手。

たぶんこれは絹江の友好の証。そうに違いない。耐えろ、私の両手！

すると、絹江の目がマロンを捉える。

キランと輝く絹江の瞳に、マロンが怯える。

「可愛《かわい》いワンコ！　薫さんが飼っていらっしゃるの？」

じりじりと絹江の魔の手がマロンに迫る。

「絹江！　座れ！　落ち着け！」

おソノさんの一言で、慌《あわ》てて絹江がその場に座る。

「落ち着け。落ち着かんと、源助……モドキには会わせんぞ」

おソノさんが言う。

テンションが高い制御不能の絹江。私たちでは、とても太刀打《たちう》ちできない。

「一通り終わったか？　いいか？」

おソノさんに叱られて、シュンとなる絹江の前に、モドキが姿を現した。

「源助さ～ん！」

き、絹江の目がハートになっている。

これは、本気でモドキを源助と思っているのだろう。

久しぶりに会った愛《いと》しい人に、テンションが上がらないわけがないというところか。

「だから、落ち着け！」

おソノさんの本日二度目の『落ち着け』の声が掛かる。

モドキに飛びつこうとしたのを制されて、絹江はシュンとしている。

モドキはいい感じの距離感で、絹江に飛びつかれないように警戒している。

慣れているな、絹江の扱いに。モドキもおソノさんも。

しかし、このテンション爆上げの絹江と、ちゃんと話し合いができるのだろうか？

モドキが何も言わずに姿を消したのが、正解だったような気がしてきた。

「絹江、海外旅行はできたか？」

「行けるわけないじゃありませんか。私は源助さんと一緒に行きたかったんです。源助さんが一緒に行ってくださらないなら、どこにも行きません」

モドキの言葉に、絹江が答える。

「しかし、儂《わし》は、猫じゃぞ？　行けるわけがなかろう」

モドキの言う通り、動物が海外に行くのは、人間以上に大変だ。

「そこは、ほら。人間と偽《いつわ》るとか……トランクに隠れるとか……」

絹江が無茶を言う。

「できるか」

モドキの言う通りだ。そんな密入国、駄目《だめ》だろう。

「源助さんは知恵者で、どんな困難も打破してきたから。絹江は源助さんならどんなことでもできると思っているのだろう」

そうおソノさんが言う。

あ～、確かにモドキも、マロンと柏木を救出してくれたり、いろいろ知恵を貸してくれたりする。

モドキが源助の生まれ変わりかどうかは分からないが、そんな人と長年一緒にいたら、つい頼ってしまう気持ちも分からないでもない。

「モドキは、源助さんではないと主張しています」

私は思い切って話を切り出す。

「そうだ。絹江には悪いが、儂《わし》は源助であった記憶はない。今は薫からモドキという名をもらって、猫としてのニャン生を謳歌しておる」

……ま、猫かどうかは怪しいところなんだが。

「でも、私にとって源助さんは源助さんなんです。病気の私に寄り添って、看病してくれた。源助さんがいなければ、私はきっとあのまま死んでいたわ」

マジ？　と疑いたくなる絹江の元気さ。

いや、でも本人がそうだと言うのだから、きっとそうなんだろう、たぶん。

「だから、儂《わし》は源助ではない。儂《わし》はこのままモドキとして、薫と生活しようと思う」

モドキはバッサリハッキリ言う。

「絹江。これはもう仕方ないことだ。モドキがそう決めたんだ」

おソノさんも口添えしてくれる。

「私もモドキを手放そうとは思いません。モドキは家族です」

私も今日伝えようと思っていたことを話す。

絹江が可哀想《かわいそう》な気もするが、今主張しなければ、また発言の機会を逃してしまいそうだ。

「じゃあ、たまには会ってくださいます？」

引き下がらない絹江。

「たまに？　まあ、薫の生活に支障をきたさない程度であれば」

なんだかんだ言って、絹江に甘いモドキ。

「まぁ、それくらいなら」

流されやすい私。

「よかった～！　じゃあ早速、連絡先を交換して、あ、次お会いするのはいつにします？　なんなら、これから一緒に私の家にお泊まりに来るとか！　優一君も薫さんも、可愛《かわい》いワンチャンも……名前教えていただかなくっちゃ！　……みんな一緒に我が家に！　あ、いっそ引っ越してきます？」

突然、提案し始める絹江。

待って、生活に支障のない範囲ではなかったの？

「絹江！　落ち着け！」

おソノさんの怒号《どごう》が部屋にこだました。

◇◇◇

それから数日後の仕事終わりの平日。

モドキとマロンが遊ぶ隣で、私と柏木は入籍に向けて、もう何度目かの作戦会議を行う。

結納はしない。両親の顔合わせは食事会。

写真だけ撮って、結婚式はしなくていい。誰を呼んで、誰を呼ばないっていうのも面倒だし、メールやはがきでのご報告だけで問題ないでしょ？

みんなの前で誓いのキスとか恥ずかしいし、バージンロードを一緒に歩こうにも、うちの父親はまた逃亡しそうだし。身内が揃うから、顔合わせの時に写真も撮ってしまったほうがいいか。

入籍の日はいつ？　結婚指輪はどうする？　新婚旅行どうする？　新居は？　なんて決めなくてはいけないことが、次々と襲ってくる。

幸いなことに家は隣同士だし、しばらくはこのままで生活して、もっと落ち着いたら広い家に一緒に住めばいい。

「じゃあとにかく、食事会をして写真を撮る日取りを決めて、その後で入籍ですかね？」

柏木がメモを取る。

食事会の出席者は、互いの両親と私の弟、おソノさん。あと、一応絹江も招待しておいた……まあ、おソノさんがいるから大丈夫だろう。

モドキとマロンも参加させたいから、場所はあのペット同伴カフェにしよう。

「その日に入籍もしちゃう？」

「それでも構いませんが、あまり一日に詰め込むと大変じゃないですか？」

確かに。ええと、順番は……市役所に行って、入籍してから、着替えて……

「なんかさ、結婚って思ったよりも大変……」

私はぼやく。

「あ……そうだ。入籍って一言で言いますが、詳細はまだ決めていませんよね？　どちらの籍に入るんですか？　僕が本田になるのか、薫さんが柏木になるのか。僕はどちらでも構いませんよ。特に古めかしい家柄《いえがら》でもありませんし」

柏木が、そう私に聞いてくれる。

「おおっと、そうだ。夫婦別姓なんて制度もあるんだっけ？　姓を変えたら、銀行とかで手続きしないと駄目《だめ》なんだよね……？」

世の中の人たちは簡単に結婚したり、離婚したりしているように見えるが、その裏側には、こんなにたくさんの面倒な手続きが隠されていたんだ。

もっと簡略化されないものかね？

「夫婦別姓は……できないみたいですね。やはり、本田か柏木か、どちらか選ばなければならないそうです」

スマホで調べていた柏木が言う。

うう。くじけそうになってきた。

◇　◇　◇

「結局どうするの？　これからは本田って呼べばいいの？　柏木って呼べばいいの？」

西島が僕に尋ねる。

小梅が見守る中で作業を進める、僕と西島と小松。

去年ほどではないが、今も忙しい日々を送っている。

「柏木で結構ですよ。僕、このまま柏木で通しますから」

既《す》に社会人の薫さんのほうが、諸々の手続きが大変なのではないかということで、僕が姓を変更することになった。

だが、普段は面倒だから柏木。

戸籍上は本田優一になるから、二つの名前を使い分けることになる。

名前が変わるなんて、思ってもみなかったこと。

なんだか違う自分になるようで、面白い。

両親にはもう連絡済み。少し驚かれたが、二人で決めたことだからと言ったら、さして反対はされなかった。

元々、僕の父も次男だし、名前にそれほどのこだわりがなかったようで助かった。

「じゃあ、柏木・本田・優一ってことで」

西島が言う。

「なんですか、そのミドルネーム的な扱い」

「それが不満なら、柏・木本・田優一で」

小松もそんなことを言い始めた。

「『・』をずらしたらいいって問題ではないでしょ?」

またみんなして僕を揶揄《からか》って遊びたいようだ。

「しかし、面白いね。そうだよね、男性が名前を変えたっていいんだよ。小松だって、将来小松じゃないかもしれないんだ」

「まあ、その前に相手がいないんだけどな」

西島の言葉に、小松が苦笑いをする。

「俺だって名前くらい変えてもいいから、結婚したい」

小松がぼやく。

「小松よ。何も結婚だけが、名前を変えるタイミングではない」

西島が何かを思いついたように、ニヤリと笑う。

「というと？」

「世界を股に掛けるスパイになって暗躍するのだよ。そうすれば、一つや二つどころではない。数多《あまた》の名前を持つこともできるのだ」

スパイ映画でありそうな設定だ。何か観たな？　西島。

「ゆけ！　小松！　世界に羽ばたくのだ！」

小松、研究者やめてスパイになるの？

西島の言葉に小梅だけが呼応して、「チクショー」と叫んで、羽ばたいていた。

◇◇◇

家で入籍について話し合った数日後。

家でモドキとマロンとのんびりしていたら、実家から電話がかかってくる。

「薫。あんたね、本当に式挙げないの？」

母が心配そうに言う。

「しないってば。何度も言っているでしょ？」

「まぁ、いいか。どうせ薫は、親の言うことは聞かない子だし」

いいなら、念押しで聞かないでほしい。もうそれで話は進んでいるのに。

どうして、こう周囲からいろいろ言われなくてはならないのか。

もしかして変なことなのかと、ちょっと気持ちが揺らぐでしょうが。

柏木も私もささやかでいいから、楽しい祝いの機会があったらいいな程度なのだ。

「お父さんがね」

お父さんがどうしたのだろうか？　まさか、今更反対とか？　結納やりたいとか？

高砂人形《たかさごにんぎょう》欲しくなったとか？　いや、いらんだろう。

「なんだかちょっと寂しそうなのよ」

そうなんだ。娘が結婚するって、ちょっと寂しくなるものなのかな？

無口な父。仲が悪いわけではないが、今まで積極的に私の成長を喜んでいるようには見えなかったのだけれども。

父は父なりに私を愛してくれていたのかもしれない。ちょっとしんみりしてしまう。

おっと、そうだ。この際に話しておこう。

食事会に絹江が出席するなら、どのみちバレてしまうだろう。それに、柏木の家族は知っているのに、私の家族が知らないのはフェアじゃない。

「あのね。絶対に周囲に言ってほしくないいんだけどね。ここだけの話」

私は、慎重に話を切り出す。

「何？」

母が固唾《かたず》を呑《の》んで、次の言葉を待つ。

「うちの猫。実は人間の言葉を話すの」

「は？」

後ろで、大笑いする声が聞こえる。諒太だ。

「薫……病院行きなよ？　ちょっと忙しくて変になったんじゃない？　ただでさえ変な子なんだからさ、これ以上変になったら、破談にされちゃうよ？　お母さん、柏木さんに申し訳なくなっちゃう」

母が本気で心配している。おい。娘をどんな目で見ていたのだ、母よ。

「モドキ、おいで！」

私はモドキを呼んで、ビデオ通話にする。

見ていろよ、母め。

「その節は、世話になったな。薫の言う通り、儂《わし》は、ほれ、人語《じんご》を理解している」

スラスラと話をするモドキ。

「はぁ～、え、式も披露宴もやらないのに、何？　余興の練習でもしているの？」

母は全く信じられないらしい。それならそれでいいか、もう。

話はした。信じるか信じないかは、母次第……だ。

「お、俺、薫の家行く！」

「ちょっと、諒太！　明日も学校でしょ？　馬鹿言わないで！」

どうやら、諒太は信じたらしい。

そうだよね。

話をする猫もどき。そんな夢の生物がいるって分かったら、じっくり話をしてみたくなるよね。

「モドキの安全のためにも、絶対他所《よそ》では言わないでよ!!」

私の言葉に、ビデオ通話の向こうの諒太が、激しく首を縦に振っていた。

◇　◇　◇

七月の中旬、食事会の当日。

ウエディング写真を撮ってくれるお店に、私たちは集合した。

小さな町の写真店。モドキとマロン、ラクシュの同伴も許してくれた。

私と柏木にとっては、大変にありがたい親切な店だ。

「最近はペットも一緒に撮りたいっていう方、結構いるのよ。うちは大丈夫だけれども、動物が騒ぐのが困るとか、毛が落ちるとか、お店によってはＮＧだから……」

店のおばさんが笑顔でそう言う。

万人が動物好きとは限らないし、アレルギーの人だっている。

「もし、今後も記念写真なんかを撮りたいのであれば、ワンチャンや猫ちゃんとの可愛《かわい》い写真が、ウチの店なら思い切り撮れますよ！　そうだ、お勧めのプランがあってね……」

にこやかなおばさん。他所《よそ》の店に行くなと言いたいのだろう。商売上手だな。

ラクシュを溺愛する柏木の両親は、『猫様、バースディ特別プラン』や、『猫様、アイドル写真集プラン』に興味津々。大量のパンフレットをもらっていた。

ラクシュがそんなの撮らせてくれるとは思えないけれども。

ラクシュを見ると、『くだらん』と言わんばかりの冷めた目で、柏木の両親を見ている。

体形に不安がある私は、スカートがフワッとしたタイプの定番のドレスを選んだ。

レースがフワフワしていて、私でもそれなりに見えるのはありがたい。

「らしくね～！」

ドレスを着て出てきた私を見て、諒太は爆笑した。

悪かったな。

そしてお母さん、そこで「本当よね～」はひどいから。

「え、とっても可愛《かわい》いですよ？」

柏木がすかさずフォローしてくれて嬉しかった。

父は写真を撮る間、ずっと無言だった。目を離すとまた逃げ出しそうだから警戒していたが、さすがにこの場から逃げ出すことはなかった。

無事に写真を撮り終わって、「ほんとうに結婚するんだな」と、父が一言ぽつり。

え？　私の結婚話、ドッキリか何かだと思っていた？


着替えを終えて写真店から出たときに、柏木の母からあるものを渡された。

それは、ダイヤの指輪。

え？

「優一ったら、こういうの何も渡していないんでしょ？　この指輪、私の母からもらったものなの。薫さんがもらってくださらない？」

申し訳なさそうに、私に高価な指輪を渡そうとする柏木の母。

「そんな大切なもの、もらえません」

私は慌《あわ》てて拒否する。

「いいのよ。もらって！　だって、これからは家族だし。デザインとサイズは、後で薫さんの好きなようにお直ししてもらってね」

……強引に渡されてしまった。

お義母《かあ》さんが、それほど私を認めてくれていると思うと嬉しいが、どうしよう。

後で柏木と話をしようと、私はバッグに指輪を入れておく。

これ。失くしたらどうしよう。気になってそわそわしてしまう。万が一のことがないように気をつけねば。

ペット同伴カフェに着くと、店の前で絹江とおソノさんが待っていた。

本日もド派手な絹江と、シックな装いのおソノさん。

「薫さん、優一君、おめでとうございます〜！　今日は、招待していただきありがとうございます。園子ちゃんと一緒にここで待っていたんだけれども、もう朝からワクワクして、何度も園子ちゃんに連絡しては早すぎると叱られて……」

話し出したら止まらない絹江。おソノさんが「静かに！」と叱る。今日も元気だな。

合流して、みんなで店に入る。

長いテーブルに人数分の席が用意されている。席に着いて、運ばれてくる料理に舌《した》鼓《つづみ》を打てば、緊張していた空気もほぐれてくる。

モドキは諒太と絹江の間で、両方から熱心に話をされて大変そうだ。

あれ、疲れないかな？

まあ、おソノさんが睨《にら》みを利かせてくれているから、なんとかなるかな……たぶん。

初めて会う柏木の両親と私の両親は、なにやらギクシャクしながら話している。

私の隣にはマロン、柏木の隣にはラクシュが座り、楽しそうにみんなを見ている。

大きな窓から外を見ると、公園のドッグランでは、今日もライブを開催しているようだ。

マロンが推しているボルゾイが、クルクルと華麗なステップを決めている。マロンはボルゾイに釘付《くぎづ》けになっている。

岡っ引きカラスが電線の上から、カアと挨拶《あいさつ》をしてくれる。

馴染みの動物に囲まれて、私たちはとても幸せな気分で、穏やかに過ごすはずだったのだが……

一つ。高価なものを持ち歩いているときには、注意しなくてはいけません。

どうやら、私がお義母《かあ》さんから指輪を受け取っていたのを、見ていた輩《やから》がいたようだ。

見ず知らずの男が、音もなく私のバッグに近づいたかと思うと、サッと走り出す。

窓の外から店内を見ていた岡っ引きカラスが、大きな翼を広げて、外に出ようとする男の前に立ちはだかる。

私はうろたえる男に追いついて、拳を構える。

「薫！　顎《あご》を狙え！」

モドキが叫ぶ。

「は？　ね、猫が喋《しゃべ》った？」

驚いて男の動きが止まる。

モドキ、分かっている。西根課長に教えてもらったもの。

そう、踏み込みが大事なのだ！

渾身《こんしん》の！　コークスクリュー！

しっかり体重が乗った花嫁（私）の拳を受けて、ひったくり犯の男が床に転がる。

ここはペット同伴カフェ。

モドキの「ニャア！」という号令で、店中のワンコたちが、床に転がった男を取り囲んで、唸り声を上げている。

「キャー！　素敵!!」

絹江が大喜びで手を叩く。

わたわたと柏木と諒太が飛び出してきて、ひったくり男を捕まえてくれる。

柏木の両親も、私の両親も、目が点になって動けないでいる。

「今、警察呼んだから。観念しな！」

スマホを構えたおソノさんが一言。

なんとも私たちらしい門出。こうして私たちの新生活は始まったのだ。

※本作はフィクションであり、モドキは実際の猫とは異なります。
猫にはビールを与えないでください。体調不良の原因になります。

Illustration白谷ゆう

**可愛い子どもたち＆イケメン和装男子との**

**ほっこりドタバタ住み込み生活♪**

会社が倒産し、寮を追い出された美空《みそら》はとうとう貯蓄も底をつき、空腹のあまり公園で行き倒れてしまう。そこを助けてくれたのは、どこか浮世離れした着物姿の美丈夫・羅刹《らせつ》と四人の幼い子供たち。彼らに拾われて、ひょんなことから住み込みの家政婦生活が始まる。やんちゃな子供たちとのドタバタな毎日に悪戦苦闘しつつも、次第に彼らとの生活が心地よくなっていく美空。けれど実は彼らは人間ではなく、あやかしで…!?

3巻 定価:770円(10%税込)／1巻～2巻 各定価:726円(10%税込)

Illustration：鈴倉温

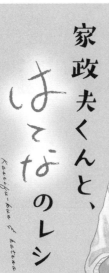

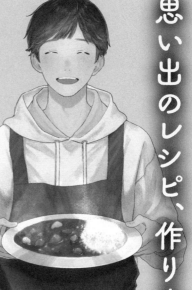

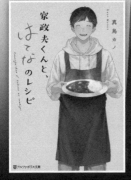

この作品に対する皆様のご意見・ご感想をお待ちしております。

おハガキ・お手紙は以下の宛先にお送りください。

【宛先】

〒150-6019 東京都渋谷区恵比寿 4-20-3 恵比寿ｶﾞｰﾃﾞﾝﾌﾟﾚｲｽﾀﾜｰ 19F
（株）アルファポリス　書籍感想係

メールフォームでのご意見・ご感想は右のＱＲコードから、
あるいは以下のワードで検索をかけてください。

アルファポリス　書籍の感想　検索

ご感想はこちらから

アルファポリス文庫

拾《ひろ》ったのが本当《ほんとう》に猫《ねこ》か疑《うたが》わしい

ねこ沢ふたよ（ねこさわ ふたよ）

2024年 7月30日初版発行

編集－和多萌子・宮坂剛
編集長－太田鉄平
発行者－梶本雄介
発行所－株式会社アルファポリス
〒150-6019東京都渋谷区恵比寿4-20-3恵比寿ｶﾞｰﾃﾞﾝﾌﾟﾚｲｽﾀﾜｰ19F
TEL 03-6277-1601（営業）03-6277-1602（編集）
URL https://www.alphapolis.co.jp/
発売元－株式会社星雲社（共同出版社・流通責任出版社）
〒112-0005東京都文京区水道1-3-30
TEL 03-3868-3275
装丁イラスト－Meij
装丁デザイン－AFTERGLOW
印刷－中央精版印刷株式会社

価格はカバーに表示されてあります。

落丁乱丁の場合はアルファポリスまでご連絡ください。

送料は小社負担でお取り替えします。


ISBN978-4-434-34173-1 C0193